O MENINO QUE QUERIA VOAR

A ORIGEM

Editora Appris Ltda.
1.ª Edição - Copyright© 2025 dos autores

Catalogação na Fonte
Elaborado por: Josefina A. S. Guedes
Bibliotecária CRB 9/870

M913m
2025

Mossato, Nivaldo
O menino que queria voar: a origem / Nivaldo Mossato. - 1. ed. - Curitiba: Appris, 2025.
229 p. ; 23 cm.

ISBN 978-65-250-7765-9

1. Ficção brasileira. 2. Mistério. 3. Natureza. 4. Ética. 5. Amizade. I. Título.

CDD - B869.3

Appris editorial

Editora e Livraria Appris Ltda.
Av. Manoel Ribas, 2265 - Mercês
Curitiba/PR - CEP: 80810-002
Tel. (41) 3156 - 4731
www.editoraappris.com.br

Printed in Brazil
Impresso no Brasil

Nivaldo Mossato

O MENINO QUE QUERIA VOAR

A ORIGEM

Curitiba, PR
2025

FICHA TÉCNICA

EDITORIAL	Augusto V. de A. Coelho Sara C. de Andrade Coelho
COMITÊ EDITORIAL	Ana El Achkar (Universo/RJ) Andréa Barbosa Gouveia (UFPR) Jacques de Lima Ferreira (UNOESC) Marília Andrade Torales Campos (UFPR) Patrícia L. Torres (PUCPR) Roberta Ecleide Kelly (NEPE) Toni Reis (UP)
CONSULTORES	Luiz Carlos Oliveira Maria Tereza R. Pahl Marli C. de Andrade
SUPERVISORA EDITORIAL	Renata C. Lopes
PRODUÇÃO EDITORIAL	Sabrina Costa
REVISÃO	Ana Carolina de Carvalho Lacerda
DIAGRAMAÇÃO	Amélia Lopes
CAPA	Juliana Turra
REVISÃO DE PROVA	Jibril Keddeh

Este livro é uma exaltação à natureza,
onde pulsa forte a obra-prima do Criador:
a vida humana.

À minha esposa,
que pelo amor e dedicação
auxilia-me na caminhada diária,
transformando-a numa santa viagem.

Aos meus
amados filhos, netos e bisnetos,
para que descubram que
os melhores momentos da vida
estão contidos num único instante,
sobre o qual podemos exercer total controle:
o momento presente.

A todas as pessoas que de certa forma
se fazem presentes nesta obra.
Em especial
aos meus pais, irmãos e sobrinhos,
ciclo vital da família.

APRESENTAÇÕES

1

O menino que queria voar é um livro expressivo, com ideias muito ricas, inteligente, que aborda vários assuntos interessantes e com detalhes significativos. Os diálogos entre os personagens apresentam caráter sério, reflexivo e objetivo que trazem lições importantes para o cotidiano. De fácil comunicação, evoca pensamentos, alvos, realizações, ideais, aconselhamento, ficção, sonhos, preocupações com relacionamentos em amor com pessoas, com o meio ambiente e com o próprio Criador. Creio que seja um excelente roteiro para um filme.

Olga Lima Monte Cardoso

Formada em Letras Anglo Portuguesa,
Literaturas da Língua Portuguesa, Teologia Básica e Missiologia.
Pós-graduada em Administração Escolar,
Orientação Educacional e Supervisão Escolar.

2

O livro nos traz reflexões intrínsecas sobre o nosso 'ser menino', dando asas aos pensamentos e nos convidando a um mergulho em suas profundas invenções onde a fantasia questiona a realidade dos personagens. Como leitora desta obra, tive a oportunidade e o privilégio em ser uma das primeiras. Obrigada, querido amigo e eterno menino. Voe, voe sempre que puder. Voe tão alto quanto a fantasia lhe permitir, mantendo-se firmemente com os pés no chão!

Caina dos Santos

Psicóloga clínica e gestalt-terapeuta.

3

Com uma escrita delicada e envolvente, o livro nos conduz por uma jornada de vida que é, ao mesmo tempo, íntima e universal. A cada página, somos lembrados de que o viver não acontece apenas na linha de chegada, mas em cada passo do caminho — nas dores, nas alegrias e na construção silenciosa de quem somos. Entre desafios e superações, a história nos ensina sobre a força que encontramos nos momentos mais simples e na doçura de guardar memórias, que nos permitem reviver o que há muito já passou. Uma leitura que acolhe, inspira e permanece conosco muito depois da última página.

Heloisa Niero Santos

Bacharela em Direito pela Universidade Estadual de Maringá.
Advogada.

PREFÁCIO

Conheci Nivaldo há quase 20 anos, quando foi meu aluno no curso de Psicologia, no início da minha carreira como docente. Um aluno dedicado, participativo, com opiniões sempre interessantes, que ampliavam as discussões em sala de aula. Nivaldo era querido inclusive fora da sala de aula, parávamos para conversar e sempre era uma delícia conhecer um pouquinho mais de sua vida.

Foi numa dessas ocasiões que ele me contou a comovente história da sua filha. A dor da perda brilhava em seus olhos e era sentida em sua voz. Aquela conversa me marcou de uma maneira muito profunda. Dias mais tarde ele chegou com um livro me pedindo para ler e dar uma opinião. Eu li numa sentada só! Um livro bem escrito, envolvente, sensível e extremamente tocante, principalmente pelo que ele conseguiu reorganizar dentro de si a partir do sofrimento que viveu.

Ao reler *O menino que queria voar*, pude mergulhar, mais uma vez, nessa carinhosa narrativa que nos leva a sentir e perceber a força dos afetos, as lindas marcas deixadas por relações consistentes entre os personagens que nos levam a refletir sobre diversos temas da vida cotidiana, principalmente sobre a capacidade humana de amar e permitir-se ser amado. É louvável a maneira potente com que Nivaldo criou em cima da dor um livro tão sensível e poético.

Com uma ótima narrativa, o autor amarra de uma forma interessante, misteriosa e intrigante o texto e o contexto da estória, envolvendo os personagens numa aventura mágica e repleta de reflexões em diversas áreas da vida. Não dá vontade de parar de ler para saber o que está acontecendo, o que vai acontecer nas páginas seguintes e como vai terminar.

Uma obra rica em detalhes, educativa, que, além de nos colocar frente a frente com a realidade atual, nos permite sonhar o sonho sonhado pelo menino que queria voar. Acredito que fará sucesso entre crianças e adolescentes que residem em nós em todas as idades, porque traz nas entrelinhas um paradoxo inspirador para quem deseja sorrir e descontrair e, também, para os que precisam de um terno abraço diante das dores que a vida nos oferece.

Fernanda Rossi[1]

Psicóloga CRP 08/09960

[1] Com 20 anos de experiência na área clínica e também na docência, é psicanalista em formação, mestre em Psicologia da Saúde, possuindo dezenas de formações e especializações.

SUMÁRIO

UM SONHO DE LIBERDADE

Aquele dia parecia mesmo muito especial. Os raios do Sol cortavam o céu com bastante intensidade e deixavam a pequena cidade de Esperança, onde nasci, muito mais iluminada. Apesar de os anos terem se passado vorazmente, guardo ainda a nítida lembrança daquela que se transformou na maior aventura da minha vida. Muitas vezes, imagino ter sido um sonho. Abro então o velho armário da sala de jantar e deparo-me com aquele apito, feito de broto de bambu, pendurado por uma tira de couro. Hesito em apanhá-lo, embora sempre acabe por fazê-lo. Olho então à minha volta, como se fosse um ritual a cumprir, e com as mãos trêmulas levo-o à boca. Caminho lentamente até a janela, onde posso ver o horizonte descortinar-se em verde. O peito, flácido pelos anos passados, resiste ao tempo com forças suficientes para assoprá-lo. O som, imperceptível aos meus ouvidos, espalha-se pelo ar. A resposta não tarda: rompe nos confins um pio estridente e forte que sempre faz subir um calafrio pela espinha e arrepiar todo meu corpo. Há anos que não o vejo. No entanto, sei que ainda está ali, como da primeira vez que fiz soar aquele apito e o vi irromper o céu e, magnificamente, com suas imensas asas, após vários voos rasantes, planar sobre minha cabeça. Por um instante, pude olhar em seus olhos e ver ali estampada sua alma de liberdade. É o suficiente para certificar-me de que tudo aquilo realmente aconteceu e que aquela aventura notadamente faz parte da minha vida. É assim, e assim será, até o dia em que não mais tiver forças para soprar esse apito ou não mais ouvir sua resposta. Talvez, o próprio silêncio será o elo que nos unirá ainda mais, na eternidade das lembranças dos bons momentos que construíram nossa história. História que começou há muito tempo, quando ainda éramos jovens e descobríamos aos poucos o verdadeiro sentido de viver!

Portanto, a história que vou lhes contar, por mais absurda que possa parecer, é a incrível história de um menino que sonhava voar... e voou! E... ainda voa e voará nos sonhos e nos corações de todos aqueles que guardam dentro de si a verdadeira liberdade de ser quem se é.

Esta é a história do menino Arlindo, o nino, que para muitos dos seus companheiros de aventura é, e sempre será, *Eagle Boy*, o menino-águia.

O ÚLTIMO DIA DE AULA

Era verão e o último dia de aula agitara demasiadamente todos os alunos da escola. Os professores nem sequer eram ouvidos. Envoltos com os gritos e a euforia dos alunos, perdiam-se em meio à guerra de papéis e o troca-troca de bilhetes com endereços e telefones. Nada a fazer, senão esperar o sinal de saída. Alguns gritavam inutilmente, tentando fazer-se ouvir em meio à bagunça. Outros apreciavam ou até mesmo incentivavam o congraçamento. Afinal, era o último dia de aula.

Na nossa sala não era diferente. Éramos quase 40 alunos dividindo um espaço de um pouco mais de 50 metros quadrados. Os gritos eram ouvidos à distância e a professora Vera tentava contornar a situação com diplomacia e muito cuidado, para não interferir na excursão planejada durante os últimos dois meses. Com um ar de extrema confiança e tranquilidade, Vera conferia a lista de chamada das duas turmas que se aglomeravam na mesma sala. Há pouco menos de 70 dias, Dona Neuza, professora da outra sexta série, adoeceu repentinamente, e como não havia nenhuma substituta, Vera convidou os alunos para a sua sala de aula. Assim, não perderiam o ano escolar e poderiam estar melhor preparados para encarar a professora Joaquina, um verdadeiro *general* no que diz respeito à disciplina. O terror dos alunos de sétima série, como era mais conhecida entre as turmas.

No fundo, essa era mais uma das milhares de desculpas que Vera arrumava para poder estar próxima ao maior número de alunos possível. Lecionava por amor e por isso dedicava-se intensamente a cada um que lhe procurava para um simples bate-papo ou para compartilhar o mais terrível dos segredos. Discreta, tratava cada pessoa com particularidade e doava-se a causas alheias com profundidade e sabedoria.

Doação: esse poderia ser o seu sobrenome. Essa palavra exprime muito bem a vida da professora Vera. "*Cada um de nós é pedra preciosa no tesouro dos céus*" — dizia sempre. "*Fomos criados no amor e, pelo amor, devemos ser guiados em todas as nossas ações. Só assim poderemos ser considerados filhos do Criador*".

Com essa filosofia de vida e a prática diária do amor ao próximo com intensidade e verdade, Vera conquistava um lugar de destaque no conselho de classe e principalmente entre os alunos e seus pais. Todos confiavam plenamente em sua palavra e procuravam participar de todos os eventos extraclasse que ela promovia. Merece ser dito que outras professoras até que procuravam imitá-la. Entretanto, algo de misterioso cercava aquele sorriso de inconfundível beleza e sinceridade. Inimitável sorriso.

Aquiles Würth estudava em nossa sala. Filho da professora Vera e do veterinário Dr. Gomes Würth, tinha uma personalidade bastante interessante. Completara seus treze anos na semana passada e já tinha um porte de dezessete. Sempre gostou e praticou várias modalidades de esporte, tendo uma forte queda pelos radicais. Nadava muito bem. Conquistou várias medalhas nos jogos intercolegiais e colecionava cartinhas e bilhetes das garotas, principalmente das *mais velhas*. Inteligente e virtuoso em suas escolhas, Aquiles raramente deixava-se levar pela força bruta. Entretanto, quando o tiravam do sério, inventando alguma mentira a seu respeito, não se limitava à discussão. Partia logo para os "*finalmentes*". Muito amado pelos pais, sempre os acompanhava em quase todos os lugares. Admirava muito sua mãe, embora tivesse verdadeira paixão pelo pai e seu trabalho. Auxiliava-o sempre que podia no tratamento dos animais e espelhava-se em suas atitudes.

Responsável pela organização da excursão que sairia da porta do colégio logo após o término das aulas, Aquiles estava no fundo da sala, acuado pelos colegas que não paravam de fazer-lhe mil perguntas. Todos de uma só vez.

— Impossível! — gritava. É impossível fazer alguma coisa nessa bagunça. É impossível! Tenham calma. O micro-ônibus já chegou e precisamos arrumar as malas no bagageiro. Vou chamar um de cada vez. Deixem as malas no corredor e retornem para dentro da sala. Vou levar as malas e colocá-las no micro-ônibus enquanto vocês esperam o sinal para saírem. Entendido? Primeiro as meninas. As meninas!

De repente toca o sinal de saída, meia hora antes do término da última aula. *Ouviu-se* por um instante um profundo silêncio. Todos inertes entreolhavam-se com desconfiança. Foi o tempo de piscar um olho e um barulho ensurdecedor rompeu os corredores. As salas ficaram vazias em segundos, exceto a nossa. Aquiles permanecia inerte, observando a correria. A professora Vera, em pé na porta, impedia a saída dos alunos. Pacientemente, retirou de trás da porta uma caixa de papelão e começou a chamar aluno por aluno, pelo nome. Para cada um havia uma lembrancinha embrulhada em papel de presente, com um laço vermelho e uma etiqueta em que estava escrito à mão o seu nome. Abraçou e beijou cada um, sem demonstrar preferência. Porém, com um carinho especial pelos mais pobres.

— Boas férias — dizia. — Nos veremos em breve. Muito em breve.

Foi uma cena digna de se ver. Jamais esqueci o brilho nos olhos daquelas crianças. Um gesto simples que me marcou para sempre.

Restaram dez, exceto eu e a professora Vera. Ficamos em silêncio no fundo da sala até sair o último colega que fazia parte daquela lista. Éramos os escolhidos para passarmos as férias na fazenda Paraíso, um lugar como nenhum outro. Um recanto paradisíaco que nos fascinava e fazia-nos corresponder aos estudos durante o ano todo, para não ficarmos de fora da excursão. Não éramos os melhores, nem tínhamos as melhores notas, exceto James, o gênio. Não entendíamos muito bem a metodologia de escolha, mas todo ano a turma era diferente, pelo menos na maioria dos colegas. Aquiles tomou a palavra:

— Pessoal, aproveitando o silêncio, de acordo com a chamada, vocês poderão encaminhar-se para o ônibus. Temos uma jornada pela frente. Tia Nena nos espera para o café da tarde. James, você fica encarregado junto com o Marcão e o Eduardo de levar as malas até o ônibus. Ronaldo e Rose, separem o que fica dentro do ônibus e o que vai no bagageiro. Akira, você fica responsável pela água. Clarinha e Duda ficam responsáveis pela limpeza e organização interna do ônibus. Eu levo o Beto e o coloco em sua poltrona. Ele viaja na frente por ter maior espaço entre as poltronas.

Vera olhou profundamente para cada um de nós e um sorriso brotou em seus lábios. Em minutos, partimos.

A VIAGEM

Seguíamos pela rodovia principal. Uma pista em mão dupla que cortava a região no sentido Leste-Oeste. Embora o asfalto fosse perfeito, a pista era estreita e tortuosa, cheia de subidas e descidas, dificultando a velocidade do ônibus. Não demorou muito para Eduardo, o Dudu, soltar a primeira piadinha. Ele não perdia uma só oportunidade para promover gargalhadas. Rose, sempre "misturada" com os meninos, se fazia de durona e disfarçava o riso, embora por várias vezes a vi com os olhos marejados de tanto ocultá-los entre as mãos. Cada um de nós procurávamos colocar nossos dons à disposição da galera e a animação contagiou a todos.

A fazenda Paraíso ficava a umas quatro horas de viagem. O Sol forte do meio-dia nos obrigou a parar na beira da estrada à sombra de uma seringueira secular, com pouco mais de uma hora de estrada. Seus galhos enormes cobriam as duas pistas da rodovia e sua sombra generosa proporcionou-nos um piquenique maravilhoso. Ao descermos do ônibus, tivemos a mesma ideia ao mesmo tempo: corremos em direção ao tronco da seringueira e, dando as mãos, formamos um grande laço e a abraçamos carinhosamente. Tio Rosa, o motorista, e Vera, emocionados, abraçaram Beto, ainda dentro do ônibus. O vermelho de seus olhos não deixou esconder as lágrimas que rolaram.

Enquanto desciam Beto, que sofrera paralisia infantil e passava a maior parte do tempo em sua cadeira de rodas, James discursava sobre as propriedades e utilidades da borracha, extraída de um outro tipo de seringueira, e o Marcão reclamava de fome. A professora Vera estendeu uma toalha sobre a relva e convidou-nos a colocar ali nossos lanches, sem abri-los. Cada um trouxe o que podia. Sem distinção, Vera pediu para que fechássemos os olhos por um instante. Aproveitando-se do momento, misturou os lanches de modo a ficarem ao oposto de cada um, abrindo-os. Ainda com os olhos fechados, agradecemos por aquele dia. Quando abrimos os olhos, nos deparamos com a mesa mais linda que, até então, tínhamos visto. Além dos lanches, havia muitas frutas e uma caixa cheia de sucos.

— Uau! Que maravilha! — gritou Marcão ao abrir os olhos. — Não vejo tanta comida junta desde o Natal passado. — E arremessando-se sobre a toalha, tropeçou na relva e caiu de cara sobre a torta de maçã.

— Credo Marcão! Nunca viu comida não, seu exagerado?! — gritou Rose.

— Calma, gente. Muita calma neste momento — falou Vera, tomando para si as dores do menino. — Machucou-se, Marcos?

— Tudo bem, professora, já estou acostumado. Sou muito pesado e às vezes enrosco o pé em alguma coisa. Está tudo bem. Aliás, a torta está uma delícia. Uma delícia.

Rose olhou para o Marcão com o rosto todo sujo de cobertura de creme e, perdendo a pose, soltou uma gargalhada. Entramos todos no clima. Abraçamos o menino e dançamos em volta da toalha repleta de comida.

O piquenique não demorou muito. Por sugestão de Clara, juntamos todo o lixo e o colocamos no fundo do bagageiro do ônibus para jogá-lo em local apropriado.

— A natureza tem sido maravilhosa conosco. Não podemos estragar uma paisagem tão linda deixando lixo por todo lado — completou Marcão, como um pedido de desculpas pelo transtorno anterior.

Retornamos ao ônibus e mal tínhamos rodado um quilômetro, Beto fez um sinal para Aquiles que prontamente o atendeu.

— Estou precisando ir ao banheiro — falou entre os dentes.

O banheiro do ônibus era realmente micro. Mal cabia uma pessoa em pé. Aquiles ficou todo vermelho e sem saber o que fazer. Chamou Akira, que, tímido pela educação rígida recebida de seus pais, imigrantes japoneses, só complicou ainda mais a situação.

— Não aguento segurar muito tempo. Precisa ser agora — retrucou Beto.

Sempre atenta a toda movimentação dentro do ônibus, Vera quis logo saber o acontecido e não perdeu a oportunidade de ajudar. Pediu para que o Tio Rosa parasse o micro e organizou rapidamente a caravana até ao banheiro.

— Meninas, venham para a frente do ônibus. Aquiles, carregue o Beto ao banheiro. Ronaldo, abra a porta o mais que conseguir e segure-a.

Já ia dar o próximo comando quando foi interrompida por Beto:

— O resto eu faço sozinho, pessoal. Muito obrigado pela ajuda, mas nas horas íntimas prefiro estar a sós.

Não demorou muito. Restabelecida a ordem, o clima de festa voltou a reinar. Com a parada não programada, Tio Rosa acelerou nos próximos quilômetros, com medo de atrasar o café da tarde na fazenda.

Era passado das quatro horas da tarde quando saímos da rodovia principal e tomamos uma estrada de cascalhos. Mais larga que a rodovia, podíamos ver longe a mata que aos poucos tomava forma. Era uma mudança radical na paisagem. Um planalto enorme abria-se à nossa frente, circundado por altas montanhas, ainda cobertas pela mata. Parecia um estádio de futebol em proporções astronômicas, com suas arquibancadas lotadas de pessoas vestindo verde. Um verde em diversas tonalidades que misturava-se no horizonte com o azul do céu, tarjado pelo branco das nuvens. Todos nós voltamos para as janelas, como se víssemos pela primeira vez um verdadeiro paraíso. O silêncio reinava. Olhos afoitos procuravam não perder nada daquela paisagem.

Entramos em outra estrada. Agora bem mais estreita. Uma só pista de cascalhos brancos, cercada de eucaliptos, ainda em porte médio. Podia-se ouvir o choro do vento em suas folhas.

— Cinco horas pessoal! — gritou Aquiles. — *É hora da chuva.*

— Chuva! Que chuva? Você está louco! O Sol está a pino, queimando o chão e nossas cabeças — retrucou James.

— Olhem à nossa direita, por cima das montanhas. Olhem por um minuto! — gritou novamente Aquiles.

Voltamo-nos todos para o mesmo lado do ônibus. Como num passe de mágica, as nuvens surgiam por entre as montanhas e instantaneamente alastraram-se por todo o vale. O Sol se escondera e a chuva de verão caiu com força e em abundância por quase 20 minutos. Antes que entrássemos em pânico, Vera tomou a palavra:

— Fiquem tranquilos. Este fenômeno acontece todos os dias do verão, impreterivelmente às cinco da tarde. Já estamos chegando, embora atrasados, para o café e devemos esperar a chuva passar para atravessar a colina de entrada da fazenda. As nuvens são claras e não há ameaça de temporal. Aqui vocês viverão diariamente a natureza. Não verão cercas nem muros, somente um mata-burros no pé da colina impede que os animais saiam da fazenda. Aprenderemos muito nestas férias. Até mais que todo o ano letivo na escola. Apreciem o barulho da chuva na vidraça. Sentirão, com certeza, muitas saudades deste lugar.

A chuva passou com a mesma intensidade que chegara. O Sol reaparecera como se nada tivesse acontecido. Se não fosse pelas folhas molhadas, poderíamos dizer que não havia chovido tão forte.

O cascalho branco da estrada absorvera rapidamente a enxurrada e já podíamos ver pássaros cortando o céu. Retomamos o caminho da fazenda.

Ao chegarmos ao pé da colina, entendemos o porquê deveríamos ter esperado passar a chuva. Um pequeno riacho cortava a estrada. Não havia ponte, somente um enorme mata-burro unia as margens do riacho. As águas pareciam espremer-se para permanecerem em seu leito, como se uma força imaginária as ordenasse. Confesso que um enorme calafrio percorreu minha espinha enquanto atravessávamos o riacho. Olhos estatelados observavam a transparência das águas. Podíamos ver o fundo do riacho. Não entendíamos para onde foram as enxurradas provocadas pela chuva que desceram morro abaixo, vendo uma água tão limpa. Havia mesmo muitas coisas a aprender sobre aquele lugar.

À medida que nos aproximávamos, podíamos ver um enorme celeiro que parecia estar atravessado no meio do caminho. Impossível não chamar a atenção. Uma construção em madeira, muito antiga, impunha o estilo alemão. Aparentava ter três pavimentos de altura, uns oito ou nove metros. O comprimento, uns 25 metros, era bem proporcional aos doze metros de largura. Chegamos bem perto e o caminho mudou de direção, para o poente, fazendo com que percorrêssemos toda a extensão lateral do celeiro. Podíamos ver então um beiral todo trabalhado em madeira recortada.

— Veja! Há uma cruz na cumeeira! — gritou Duda.

— Não. Parece mais um espantalho. É muito desproporcional para ser uma cruz — retrucou Rose.

— *É uma pessoa* — disse James.

— *É sim! É uma pessoa* — confirmou Clara.

— *É o Nino. Um garoto que mora aqui na fazenda* — explicou Aquiles. — Ele está brincando com a Guiga. Faz isso o tempo todo.

Carrega pendurado no pescoço uma espécie de apito, feito de broto de bambu, que emite um som quase imperceptível ao ouvido humano. Sempre que quer chamar a amiga, sobe na cumeeira, assopra o apito e, em pé, abre os braços para que a Guiga venha brincar com ele. São amigos há muito tempo, desde que meu pai a achou quase morta aos pés da colina, onde caçava nos fins de semana. Guiga é uma velha águia-dourada. Não sabemos como veio parar aqui. Seu habitat natural é na América do Norte, mas adaptou-se muito bem ao clima da região.

— Mais um mistério, não é mesmo, Aquiles? — comentou o assustado Ronaldo.

Entretidos com o menino, nem percebemos que o ônibus havia parado em frente à sede da fazenda. Da janela podíamos ver a mesa posta na varanda, o que imediatamente provocou rumores entre os passageiros. Marcos colou o rosto no vidro e suspirou:

— Puxa! Que beleza de recepção. Acho que vou gostar muito deste lugar. Muito mesmo.

Uma verdadeira comitiva nos esperava ao lado do ônibus. Chamou-me a atenção um senhor que aparentava ter uns 80 anos. De cabelos brancos, empunhava uma bengala escura com aparador da mesma cor dos cabelos, onde, apesar da idade, a mão forte sustentava o peso do corpo. De pele clara, porém bastante judiada pelo Sol, não perdia um só movimento das pessoas que desciam. Seus olhos irradiavam confiança e serenidade e sua face mantinha uma constante expressão de viçosidade e alegria. Inclinava a cabeça em direção a cada um que cumprimentava, indicando a direção do caminho a seguir até à entrada da casa. Sem dizer uma só palavra, conquistou a todos no primeiro olhar.

— Tio Aldo! — gritou Aquiles ao abraçá-lo forte e longamente.

Olharam-se com profundidade e respeito, enquanto Aquiles beijava-lhe a face. A professora Vera, empunhando o mais belo sorriso, tomou a frente abraçando Helena, esposa de Aldo, com a ternura de uma filha que há muito não via sua mãe. Helena, a Tia Nena, retribuía-lhe o carinho com entusiasmo, embora fosse na verdade tia de seu marido, o Dr. Gomes Würth, proprietário da fazenda. Com seus setenta e seis anos, Tia Nena armazenava em sua memória um arsenal invejável de belas histórias. Seus cabelos brancos pareciam maços de seda que envolviam os enormes olhos azuis, marejados de saudades.

Branca, a cozinheira, era a mãe de Nino, o menino que tínhamos visto brincando com a águia. Toda sorridente, abraçou a todos, dando-nos as boas-vindas, e com seus mais de um metro e oitenta de altura, foi logo recolhendo parte das bagagens e encaminhando-as para os quartos. De origem alemã, casara-se muito cedo com o africano Max, o domador, que fazia parte de uma família circense europeia.

— Entrem todos, entrem — dizia Tia Nena. — Depois nos apresentaremos com calma. Deixem as bagagens nos quartos e voltem rapidinho para fazermos um lanche. Vocês se atrasaram muito, devem estar cansados e com fome.

— Com muita fome, Tia. Com muita fome — retrucou Marcos, dando ênfase ao tamanho da sua barriga.

Max, o domador, não estava presente. Alguns dos empregados nos auxiliaram com o restante das malas. Olhei em direção ao celeiro e Nino continuava sua maratona diária no topo da cumeeira. De braços abertos, com a frente do corpo voltado para o poente, deixava o vento bater livre em seu rosto e observava o Sol se pôr no horizonte. Não demorou muito, ouvimos o pio da águia no céu. Olhamos para o alto e a vimos pousar no ombro esquerdo do Nino que balançava o corpo como se sentisse o voo da companheira. Ficaram ali até que o último raio de Sol se pusesse atrás das montanhas.

A PRIMEIRA NOITE NA FAZENDA

Era noite quando conseguimos nos reunir em torno da mesa posta para o café da tarde. Faríamos então um lanche reforçado, visto que não haveria naquela noite o jantar. O clima estava ameno e uma leve brisa cortava a varanda de norte a sul. O céu estava claro e contavam-se as estrelas na imensidão azul.

Tio Aldo, sentado em uma cadeira de balanço no lado oposto à mesa, acendia um cachimbo que exalava um forte cheiro de chocolate e, como que à espera de alguém para conversar, balançava-se ordenadamente como o pêndulo do enorme relógio de parede da sala de estar. Branca esmerava-se em arrumar a toalha da mesa, visto que os convidados, afoitos em se servirem, a puxavam de lá para cá o tempo todo.

Tia Nena e Vera serviam o suco de *mela-manga*, uma mistura de frutas da região cuja criação e especialidade era de Branca. Aliás, por toda a mesa podia se ver e deliciar com as suas criações. Muito prendada, adorava praticar cozinha experimental. Bolos, tortas, sucos, carnes de todas as espécies e assados. Tudo passava pelas mãos de Branca para receber aquele toque especial. Ao ser indagada de como conseguia "manter a mão" na cozinha daquele jeito, Branca simplesmente sorria e colocava as mãos no peito, como se dissesse: "faço tudo por amor".

Todos nós estávamos exaustos de tanto comer, quando Tia Nena apareceu com um pote enorme de sorvete e levantando-o com as mãos, gritou:

— Turma! Sobremesa. — Clarinha, toda cheia de etiquetas, foi logo dizendo:

— Tia. Deste jeito, em uma semana estarei igual ao Marcão.

— De jeito nenhum! — retrucou ele. — Daqui a uma semana eu estarei muito maior. Maior mesmo.

— Perceberam como a noite está clara hoje? — murmurou Ronaldo.

— Está com medo do lobisomem, Roni? — perguntou Akira.

— Deve ser lua cheia — disse James. — A luz refletida pela lua cheia tem todo um mistério. Numa noite assim, tudo pode acontecer.

— Esta é a noite da mula sem cabeça. Sexta-feira, lua cheia. Não há quem não cubra a cabeça na hora de dormir. Ela sai por aí procurando... procurando... procurando — dizia Beto, ensaiando uma cena de terror.

Todos nós o olhávamos atentamente, enquanto virava sua cadeira de rodas da esquerda para a direita, da direita para a esquerda, até que parou de repente. Colocando as mãos na cabeça, fixou o olhar no horizonte e gritou:

— Olha a mula!

Todos pulamos assustados de nossas cadeiras. Tio Aldo, no canto da varanda, largou um enorme sorriso em meio a uma baforada de seu cachimbo, balançando a cabeça num sinal de que havia gostado da brincadeira. Antes que nos refizéssemos do susto, um relinchar estridente e forte rompeu a noite. Apavorados, corremos para perto de Tio Aldo, que se esquecendo da velhice, colocou-se de pé, em posição de defesa.

Ouvimos um galopar ao longo do caminho que dava à sede da fazenda. Vera e Aquiles correram para junto de Branca que não escondia a expressão de medo. O galopar se aproximava rapidamente. Roni tomou a cadeira de rodas de Beto e a empurrou com tudo porta à dentro, escondendo-se. Todos cerraram os olhos em direção à entrada da fazenda, tentando decifrar o que estava acontecendo. A noite estava muito clara. Podia-se ver o caminho de cascalho que parcialmente coberto por uma camada fina de areia, mais parecia o leito tortuoso de um rio. Podia-se ouvir o barulho do cavalo vindo em direção à casa, mas não se conseguia vê-lo. Um novo relinchar tomou conta da noite. O galopar cessou, embora tivéssemos a nítida impressão de que alguma coisa vinha em nossa direção.

— Onde está o Max? — perguntou Tia Nena, direcionando o olhar para Branca.

— Estava no celeiro com o Nino. Passaram a tarde toda lá. Faz horas que não os vejo.

Mal acabaram de falar, Max e Nino entraram correndo na varanda.

— O Alado fugiu! — exclamou Nino. — Eu estava escovando suas costas e não sei o que o assustou. Tentei segurá-lo, acalmá-lo, mas não consegui. Papai tentou me ajudar, mas ele arrastou a gente porta afora.

— Deixa ele, Nino. Amanhã ele volta — falou Tio Aldo, sentando-se novamente na cadeira de balanço. — Conheço bem aquele cavalo. Conheço muito bem. Ele vai colocar suas energias para fora, dar uma boa corrida pelo pasto logo pela manhã e depois, quando bater a saudade de casa, ele volta. Vão tomar um banho e comer alguma coisa que eu quero apresentar vocês para esta rapaziada. Amanhã eles vão com vocês dar um passeio para conhecer a fazenda.

Vera entrou na conversa, tentando fazer-nos esquecer do susto:

— Vocês vão ficar encantados com a fazenda. Aliás, com tudo que tem por aqui. Não podemos dormir tarde, mas ainda dá tempo para um bom bate-papo, não é, Tio Aldo?

— Com certeza, querida. Com certeza. Chama todos para cá. Tragam as cadeiras e vamos fazer uma roda. Você também, Branca, e chama a Helena.

Formamos então uma grande roda em torno do Tio Aldo. Aquiles foi em socorro do Beto e do Roni, que continuavam escondidos. Branca trouxe um bule de chá de ervas com bastante açúcar e serviu a todos enquanto esperávamos Nino e Max, que logo chegaram com um prato cheio de bolinhos de chuva recheados com geleia de cidra.

Pela primeira vez as meninas sentaram juntas. Encostadas à parede que dava para a sala de estar, Clarinha, Duda e Rose não tiravam os olhos de Nino, impressionadas com o porte franzino do garoto. Marcos aproximou-se e pegando um bolinho, indagou:

— Posso? Parece que está uma delícia. Não resisto a estas guloseimas da Branca. Eu sou o Marcão. Estudo com o Aquiles, na classe da professora Vera.

— Só você, né, mané! — exclamou Rose, afrontando Marcos. — Todos nós estudamos na mesma sala que o Aquiles.

— Meu nome é Arlindo. Todos me chamam de Nino, desde pequeno. Estudo na escola da fazenda, tenho treze anos e terminei a sexta série esta semana. Sou filho do Max e da Branca e os ajudo com os afazeres diários. Gosto muito deste lugar e das pessoas que moram aqui. A mim, não é necessário nenhum outro lugar. Tenho aqui tudo que quero. O meu padrinho, o Tio Aldo, e todos os outros, é claro, me ajudam muito nos estudos e nos afazeres. Tenho certeza de que vocês também vão gostar. Sejam todos bem-vindos.

— O que você estava fazendo em cima do celeiro quando chegamos? — perguntou Clara.

— É uma longa história. Depois conto para vocês. E você, quem é?

— Sou a Clara. Tenho doze anos, e é a primeira vez que participo de uma excursão com a turma. Estou adorando, apesar do susto que levamos agora há pouco. É sempre você quem cuida dos cavalos?

— Não — respondeu Max, atravessando a conversa. — Eu sou o responsável pelos animais e o Nino me auxilia. Temos muitos animais aqui. Devido ao clima misturado deste lugar, várias espécies se adaptam com facilidade. Tínhamos um pinguim, até pouco tempo. Morreu de velho. A fazenda é muito grande, vocês vão ver. Temos de tudo. Aliás, quase tudo.

Helena interrompe, apontando para Akira:

— E você, faz o quê além de estudar com o Aquiles?

Akira abaixou a cabeça como se estivesse pensando. Envergonhado, levantou os olhos e falou olhando para Vera, como quem pedisse socorro:

— Eu sou o Akira. O pessoal me chama de Japa, devido aos olhos puxados, mas não sou japonês. Sou brasileiro, nasci aqui perto, na cidade de Esperança, tenho doze anos e, além de estudar, jogo xadrez e ajudo meu pai com as hortaliças que ele cultiva na chácara onde moramos. Ah! Também luto judô, sou iniciante.

— Muito bem, Japa! — gritaram juntos Beto e Dudu. — Bela apresentação.

— Fala então você, fofoqueiro! — exclamou Duda, apontando para o Eduardo. — Mas diga alguma coisa que se aproveite, você só fala asneira.

— Meu nome é Eduardo, o Dudu da turma. O mais bonito, o mais corajoso, o mais inteligente e o mais divertido. Não sou o bobo da corte, embora muitos pensem assim. Eu não me importo, desde que não me atrapalhem com as garotas.

Dudu deu um sorriso bem maroto e debochado, como quem mandasse um aviso aos colegas de classe.

— Tio Aldo? — interrompeu Duda. — Ouvimos tanta coisa interessante sobre esta fazenda, conta pra gente como tudo começou, o que é que tem aqui de tão especial. É verdade que tem até um tigre-de-Bengala?

— De bengala?! Quem anda de bengala aqui sou eu. Thor está bem velho, mas ainda não usa bengala. Estou brincando! Temos um tigre, sim. Inofensivo, totalmente inofensivo. Um gatinho, para dizer a verdade. Anda solto por aí, mas quando chega visita, ele se esconde. Tem medo de pessoas que não conhece. Lembro-me de quando meu irmão, Otto, o capturou após ter fugido de um circo, na capital. Sua cabeça estava a prêmio por ter atacado um jovem num campo de futebol. Ele ia ser sacrificado devido a um diagnóstico errado de um veterinário que afirmou que ele havia contraído raiva canina. Raiva canina! Vejam só. O coitado estava com uma farpa de vidro na pata traseira direita. O pedaço de vidro, fino e comprido, havia atingido um ligamento muscular e conforme ele se movimentava, sentia uma dor terrível. Esse era o motivo da fúria do velho Thor. Um animal daquele tamanho, sendo derrotado por um caco de vidro.

"Otto o encurralou nos fundos de um beco, onde havia muito lixo acumulado. Ele devia estar à procura de comida, já estava se escondendo há uns quatro dias. Ainda bem que meu irmão o achou antes que a polícia, ou ele estaria morto há muito tempo. Otto tinha uma excelente pontaria. Foi um tiro só! Bem na traseira. Amarramos suas patas e guinchamos o pobre para a carroceria da caminhonete. Em quatro homens não conseguimos pegar o bicho. Pesava de mais.

Meu irmão fazia mesmo alguns milagres. Operou o tigre, tirou a farpa, e ele voltou a andar em duas semanas. Perdeu bastante peso. Ficou magrinho, magrinho".

— Depois queria comer todas as galinhas da fazenda — interrompeu Tia Nena. — Deu um trabalhão danado. Ninguém podia com ele. Quando menos se esperava, ele fugia do galpão e aterrorizava a colônia toda dos trabalhadores.

— Ele não ficava na jaula? — indagou James.

— Não. Meu irmão Otto nunca permitiu trancar animal algum em uma jaula. Ele ficava furioso quando a gente dizia que precisava de uma. Thor aprontou muita traquinagem enquanto estava convalescendo. Não sabíamos a hora que ele estava brincando ou nos enfrentando de verdade. Morríamos de medo no princípio. Depois nos acostumamos com aquele gatinho crescido dentro de casa.

— Dentro de casa! — exclamou Ronaldo. — Ficaram loucos?

— Quase, menino. Quase — continuou Tio Aldo. — Quantas vezes acordamos de madrugada com o Thor puxando nossas cobertas. Era uma gritaria só. Ele sentia muito frio quando o clima oscilava de madrugada, e corria para nossa cama.

— Lembra, Tio, quando aquele pesquisador, amigo do Tio Otto, veio passar uns dias na fazenda? Quase teve um infarto quando o Thor entrou em seu quarto. Queria matá-lo de qualquer forma.

— É, querida Helena, só não o fez porque escondi-lhe a arma. Não ficou nem dois dias conosco. Viera para ficar um mês.

Caímos na gargalhada, imaginando a cena.

Uma brisa fria trouxe o sereno para dentro da varanda e Tia Nena tomou a palavra mais uma vez:

— Mocinhas e mocinhos, aqui na fazenda dormimos cedo e levantamos cedo. Portanto, as meninas ficam com o banheiro de dentro da casa e os meninos usam este que a porta dá para a varanda.

Enquanto Helena dava algumas instruções, levantei-me e fui ao banheiro.

— Tia Nena! — interrompeu Duda. — Nem acabamos de nos apresentar. Espera mais um pouquinho. Só um pouquinho.

Vera tomou a palavra:

— Nino, Max, esta é a Eduarda, porém a chamem de Duda. Ela diz que não gosta do nome. Este é o James, esta menina bonita é a Roseli, ou Rose para os amigos, este é o Humberto, o amigo Beto, o Ronaldo e o Marcos. O Aquiles todos nós já conhecemos. Agora, pessoal, banheiro e cama!

Foi uma correria só. Cada um queria ser o primeiro a entrar no banheiro. Tio Aldo, balançando a cabeça, deixou escapar outro sorriso maroto de deboche. Já ia levantar-se da cadeira quando uma voz trêmula de medo o interrompeu:

— Tio! O Thor existe mesmo? Fica solto pela casa?

— Existe, Ronaldo. Porém hoje ele está no galpão junto com outros animais. Como vocês ainda não se conhecem, achamos melhor mantê-los longe da casa.

— Outros animais, Tio? Que animais?

— Fique tranquilo. São todos velhos e banguelas. Mesmo que quisessem, *não conseguiriam morder ninguém. Boa noite*, garoto. Durma tranquilo.

O sereno tomou conta da mata que circundava a fazenda. Já não se podia ver ao longe. A lua se escondera entre a cerração que se espalhava como que uma nuvem tivesse despencado do céu.

— Max, espere um pouco. Quero falar contigo um minuto.

— Pois não, Tio. O senhor quer alguma coisa da cozinha?

— Não, Max! Nós temos um problema para resolver. Não quis alongar a conversa devido aos meninos que mal chegaram da cidade.

— Eu sei, Tio. É sobre o Alado, não?!

— Como o Alado conseguiu escapar?

— Ele estava sem a proteção de arreio.

— Sem a proteção, Max. Quantas vezes já falei para não a tirar de forma alguma?! Nunca, Max, nunca!

— Desculpe-me, Tio. Foi culpa minha. Não devia ter deixado o Nino cuidar dele sozinho. Amanhã eu resolvo isso. Amanhã eu resolvo.

— Use o antídoto. Faça isso sem chamar a atenção das crianças. Deixe o Nino ficar com elas até que tudo esteja sob controle. Não coloque ninguém em perigo, Max. Ninguém, ouviu?

— Farei como sempre, Tio. Fique em paz e boa noite.

Helena ouvira toda a conversa. Acostumada com os acontecimentos e tentando não piorar as coisas, foi ter diretamente com Nino, para compreender melhor a situação.

— Nino, meu querido, como estava o Alado quando rompeu a porta do celeiro? Machucou-se? Estava furioso? Como foi?

— Tia, nunca vi o Alado daquele jeito. Quando Guiga voou perto da gente, ele ficou furioso. Parecia ter visto uma cobra ou um monstro qualquer. Brincamos juntos há tantos anos, é impossível ele ter se assustado com a Guiga. Olhei por tudo dentro do celeiro e não vi nada de anormal. Nada, Tia!

— Desde que saiu em disparada*, não vimos mais o animal. Você viu ou ouviu alguma coisa, Nino?*

— Não, Tia. Nem relinchado, nem trotear, nem o cheiro. Parece ter sumido no ar, como um balão.

— E os cachorros? O Maroto mal pode ouvir o barulho de um casco no chão que já começa a latir. O Hook fareja até fantasma! Não deram nenhum sinal?

— Nada, Tia. Nada.

— Vamos entrar, querido. A temperatura está caindo um pouco. Podemos nos resfriar também. Até amanhã, lindinho.

Helena beijou carinhosamente o menino e recolheu-se. Nino foi até o celeiro e com a ajuda de uma lanterna, procurou em vão pelo amigo.

Juntou dois fardos de feno, de modo a se assemelhar com uma cama e ali se deitou, como fazia quase todas as noites de verão.

As meninas Clara, Rose e Duda dividiram o quarto que ficava no fundo do corredor, subindo as escadas, por estar próximo ao banheiro interno. Era bastante espaçoso e tinha uma grande janela de madeira e vidro que dava vista para o pomar. Embora a cerração não o deixasse ver, Clara passou alguns minutos contemplando a noite, na esperança de avistar alguma estrela cadente. Era a primeira vez que dormia fora de casa, sem a companhia de alguém da família. Desde a morte do pai, quando ainda não havia completado dois anos, tinha muita dificuldade em pegar no sono. Esta excursão era para ela um grande desafio. Tinha que vencer seus medos para poder encarar com firmeza a adolescência que brotava com intensidade no seu íntimo. Sempre discreta e calada, seu olhar era quase sempre o espelho de sua alma. Não era uma menina triste, embora as poucas palavras mostrassem a intensidade com a qual queria ser amada. Seus longos cabelos lisos e seus olhos azuis haviam chamado a atenção de Nino, que, acordado, brincava com a lanterna, iluminando a janela do celeiro, num frenético pisca-pisca, tal qual um vaga-lume. Enquanto o sono não vinha, seus pensamentos misturavam-se aos sentimentos que pela primeira vez desconsertava seu pequeno coração. Não entendia muito bem o que estava acontecendo, mas gostava do que estava sentindo. Sentia muita paz, quando lembrava a fisionomia de Clara. Ao mesmo tempo, ficava triste por não estar ao seu lado. Com a luz da lanterna escreveu o nome dela na parede do celeiro e adormeceu.

Vera, que alojou-se no quarto menor, ao lado do quarto das meninas, refletia sobre os acontecimentos daquela tarde. Alguma coisa não se encaixava. Embora passasse poucos dias na fazenda, o decorrer dos anos a fazia sintonizar-se muito bem com aquela natureza. Por sermos em maior número, dividimo-nos entre os outros dois quartos do térreo e a sala de estar, cuja porta dava para a varanda onde poderíamos usar o banheiro maior. Ronaldo pediu para ficar na sala com Aquiles, dando a desculpa de ter que levantar de madrugada para ir ao banheiro. Estava mesmo procurando alguém que conhecesse Thor, o tigre, caso ele aparecesse, mesmo porque Max e Branca dormiam no quarto ao lado.

UMA TRAQUINAGEM QUASE PERFEITA

Já ia tarde a madrugada, quando passos silenciosos adentraram a cozinha. A janela aberta, deixada para refrescar a casa, era um convite ao deleite. A mesa repleta de pães e bolos, que seriam servidos no café da manhã, mexeu com o estômago do Thor, que não se fez de rogado. Apesar da idade, tamanho e lentidão dos reflexos, era rápido o suficiente para saborear aquelas guloseimas, antes de ser descoberto. Terminado o assalto ao café da manhã dos convidados, Thor passeou pela casa, como se nada tivesse acontecido. Subiu as escadas e pela porta entreaberta entrou no quarto das meninas. Silencioso, meteu o focinho dentro de uma das malas que estava próxima à cama e saiu carregando algo entre os dentes.

Não demorou o cantar do galo, anunciando o nascer do Sol. Branca era sempre a primeira a levantar-se acompanhada de Max que ia direto à ordenha. Sempre acompanhado de Maroto, um filhote de buldogue, não tinha muitas dificuldades com as vacas. Com coragem e agilidade, o animal ajudava a garantir o leite fresquinho no café da manhã. Bastava gritar "Maroto!" para que as vacas se enfileirassem à frente do curral. Não era para menos. Como todo filhote, o que o Maroto mais gostava de fazer era brincar. E a brincadeira preferida do buldogue era pendurar-se nas orelhas dos animais maiores. Trancava-lhes os dentes e, pendurado, só largava se chegasse ao destino certo. Quando não, metia-se por entre as patas traseiras e provocava o tropeço do animal, tornando-o presa fácil para o laço do domador.

Max ordenhava somente o leite consumido na sede da fazenda, deixando o restante do manejo para os trabalhadores da colônia que na alvorada já estavam a postos.

Ao entrar na cozinha, Branca não conseguia acreditar no que estava vendo. Todo o trabalho da noite anterior esfarelava-se pelo chão. Não havia uma fatia sequer de pão ou bolo que estivesse inteira. Ou seja, não havia pão nem bolo para o café daquela manhã. Caso não fosse a bagunça por toda a cozinha, era capaz de garantir que era trabalho noturno do menino Marcos, visto o que falavam a seu respeito e a voracidade com que comia. Mas era muita bagunça para uma só pessoa, mesmo porque parecia que ninguém havia acordado com o barulho. Engano de Branca. Aquiles, que dormia na sala junto com Ronaldo, de pronto ali estava em pé na porta.

— Que terremoto foi esse, Branca?

— Não sei, menino Aquiles. Mas tudo que eu havia preparado para o café da manhã está perdido. Nem sei por onde começar.

— Eu vou ajudar. Deixa só escovar os dentes e já venho.

Aquiles não tinha certeza, mas pelo tamanho do estrago só poderia ser "um ataque noturno" do tigre Thor.

Quando Max voltou com o leite, Hook — o cachorro perdigueiro que sempre levava em suas caçadas — já farejava as pistas deixadas por Thor. Nervosa, Branca batia rapidamente uma massa semipronta de bolo de fubá, enquanto rezava em voz baixa para que ninguém mais acordasse cedo, antes de o bolo ficar pronto. Inútil tentativa. Os latidos constantes de Hook, além de acordar a todos, deixaram Max muito intrigado e imediatamente foi ter com o cachorro. Prostrado na porta semiaberta do galpão onde dormia os animais, Hook apontava com o focinho o autor da façanha noturna. Por sua vez, Thor fingia dormir como um gatinho manhoso, de modo a parecer que ele não fazia parte daquele ato levado. Afinal, ainda não era nem cinco horas da manhã. A insistência do perdigueiro e os latidos cada vez mais constantes irritaram o tigre, que com um salto colocou-se de pé e encarou o perdigueiro, desafiando-o com um estridente rosnado. Caminhando lentamente em semicírculo, Thor rodeava o cão que não se dava por vencido e continuava apontando em sua direção. No galpão, os animais inquietaram-se com os bramidos do desafio e a desordem estava formada.

Max não tardou interferir. Com um apito especial, fez com que Hook recuasse. Com uma das mãos, apanhou um tridente que servia para lidar com o feno e enrolando a camisa na outra, enfrentou o felino. O velho tigre há muito não demonstrava tanta voracidade. Mas, acuado entre as paredes do galpão e sentindo o peso dos anos, entregou-se à superioridade do adversário, embora tenha se acalmado somente quando Hook não mais estava ao alcance de seus olhos.

Acostumado a levantar com as galinhas, Nino acompanhou a briga toda e empunhando uma espingarda carregada com uma espécie de seringa, correu em socorro do pai. Aproveitando o recuo do tigre, Max apanhou a seringa e aplicou-lhe o líquido que o fez dormir imediatamente. Em minutos, o silêncio acabou por acalmar os outros animais e a paz foi restabelecida no galpão. Max pediu a Nino que pelo menos por enquanto não comentasse o ocorrido com nenhum dos visitantes, para não os assustar. Ele e Tio Aldo tomariam todas as providências para que a harmonia voltasse a reinar na fazenda.

Da janela de seu quarto, Vera acompanhava atentamente os acontecimentos. Embora não pudesse ouvi-los ou ver todos os passos dados pelo domador e Nino, teve a certeza de que algo muito estranho estava acontecendo.

Apoiado em sua bengala, aos pés da escada que dava acesso à varanda da sede da fazenda, Tio Aldo aguardava com ansiedade a chegada de Max. Com a certeza de que algo estava saindo de seu controle, queria também providências imediatas para não colocar ninguém em perigo. A idade não lhe permitia a agilidade de antes, quando acompanhava seu irmão Otto nas expedições pelas matas da região, mas a experiência adquirida ao longo dos anos vividos tão próximo aos animais da fazenda e a lida diária davam-lhe condições de decidir com segurança os passos a serem dados.

— O que que foi desta vez, Max? — indagou Tio Aldo, sem balançar nenhuma vez a bengala.

— Bendito tigre, Tio! Bendito tigre. Hook descobriu as falcatruas do Thor e o felino não gostou da brincadeira e zangou-se com o cão. Desta vez foi por pouco, Tio. Muito pouco. Tive que usar o antídoto que havia preparado para o Alado e agora não temos como preparar outra dose em menos de dois dias. As ervas ainda estão curtindo e depois temos que as fermentar.

— Teve alguma notícia do Alado, Tio Aldo? — perguntou Nino.

— Não, garoto! Nenhuma notícia. Max, aproveite enquanto o fingido do Thor está sob intervenção do antídoto, junte alguns capatazes e faça uma varredura na mata mais baixa, próximo ao riacho norte. Tenho impressão de que o Alado está escondido por lá novamente. Não se esqueça de que ele está sem a proteção de arreio. Localize-o, mas não se aproximem. Vamos esperar o antídoto ficar pronto. Não dê nenhum alarde.

Chamando o domador de lado, Tio Aldo dá a ordem em tom que ninguém mais pudesse ouvir:

— Caso o encontre, deixe dois homens armados na vigia e retorne rapidamente à sede. Instrua-os que se ele atacar, é para atirar sem medo no coração do animal. Não se aproximem muito. Não corram nenhum risco desnecessário, Max. Nenhum.

— E o que devo dizer aos homens, Tio? Todos adoram aquele animal.

— O de sempre, Max. É cólera! Cólera.

Max reuniu uma comitiva de seis homens e em pouco tempo percorreram, sem sucesso, toda a mata baixa às margens do riacho norte, onde normalmente se concentrava a maioria dos animais soltos na fazenda. Nem sinal do alado. Mesmo sem pistas, dois capatazes continuaram a ronda, preparados para qualquer eventualidade.

Embora estivéssemos acordados, não estávamos assustados. Por estarmos em uma fazenda, achamos normal o barulho matutino e o latido de cães. Por outro lado, ainda estávamos anestesiados pelo sono por termos levantado tão cedo que nem nos demos conta do trabalhão que Branca havia tido para reorganizar parte da bagunça feita por Thor. Todos, exceto James, que astuto e sempre alerta olhava firme pela janela do quarto na esperança de descobrir alguma coisa que não se encaixasse naquele ritual matutino. As cenas da noite anterior ainda estavam em alerta em seus pensamentos. Percebera algo de estranho, embora não soubesse o quê. O galopar do cavalo que de repente sumiu, sem deixar vestígios, ainda não havia se dissipado de sua mente:

— As pegadas! As pegadas! — disse alto.

— Falando sozinho? — indagou Ronaldo, que acabara de acordar e foi ter com o amigo no quarto.

— Pensando alto, meu amigo Ronaldo. Pensando alto.

— Em que pegadas você estava "pensando" tão alto, caro colega?

— Venha comigo!

— Mas, James! Eu nem lavei o rosto ainda. Não escovei os dentes, nada!

— Depois, Ronaldo. Agora venha comigo.

Como que arrastando o amigo porta à fora, saíram em direção ao celeiro de onde o Alado havia fugido.

— Roni, foi tudo muito estranho ontem à noite, você não acha? E essa barulheira toda agora pela manhã. Muito estranho, muito estranho.

— Lá vem você com suas histórias. Está procurando um jeito de me assustar, não é? Não sou tão burro e nem tão medroso assim, James. O que aconteceu ontem foi fruto da nossa imaginação. Estávamos falando de assombração e ficamos impressionados. Só isso! E isso é normal, senhor sabichão.

— Normal ou não, tem alguma coisa que não se encaixa por aqui. Vamos ver as pegadas do animal, Roni.

Aproximando-se do celeiro, James abaixou-se e começou a examinar cuidadosamente as pegadas encontradas próximo à entrada.

— São muitas, Roni. Muitas e desordenadas. Parece que o cavalo, antes de sair correndo por aí, tentou livrar-se de alguma coisa que o prendia e rodopiou várias vezes. Vamos identificar as pegadas e segui-las.

Com uma rama de capim, James mediu a profundidade de cada pegada encontrada. Roni procurou imitá-lo e à medida que distanciavam-se do celeiro, as pegadas pareciam estar menos profundas e menos visíveis, até sumirem por completo na areia fina que cobria os cascalhos.

— Sumiram! Da mesma forma que o animal.

— É a areia, James. Muito fina. Qualquer ventinho ou chuva deixa tudo liso, sem vestígios.

— Não ventou, nem choveu, Roni. Não nessa noite.

— Choveu ontem às cinco horas, lembra? E o caminho é de cascalho. Chão firme não deixa vestígios.

— Correto. Embora a areia ainda esteja um pouco úmida nas laterais do caminho, na região central prevalece o cascalho. Mas estamos falando de um cavalo, Roni, não de uma borboleta. São mais de 20 arrobas sobre quatro patas e tenho certeza de que o mágico David Copperfield não passou por aqui ontem à noite.

— Vinte arrobas?! Quantos quilos são, James?

— Cada arrouba *são* quinze quilos, Roni, é só multiplicar por vinte. Ou seja, são mais de trezentos quilos de ossos, carne e músculos galopando por aí.

— Como você sabe se ele estava galopando, troteando ou sei lá o quê? Virou adivinho agora?

— Meu tio tem um haras e de vez em quando passamos o fim de semana lá. Conversamos muito. Ele sabe tudo sobre cavalos. É deveras apaixonado por equinos, apaixonado. Veja só estas pegadas na areia. Olhe bem para elas. Quantas são?

— Muitas, James!

— Consegue identificar quais são as traseiras e as dianteiras?

— Não! Parecem todas iguais.

— Mas não são. Todo impulso do animal é inicialmente promovido pelas patas traseiras. Assim, podemos perceber pela profundidade das pegadas no chão. A própria força da impulsão pressiona as patas contra o solo. Sem contar com o peso do animal, é claro. Quando o cavalo está marchando, o peso é distribuído mais uniformemente entre as patas, embora a sequência de passadas seja aos pares, elas fluem lateralmente. Ou seja, posterior esquerda, dianteira esquerda, posterior direita, anterior direita. As passadas são mais calmas, as patas traseiras tocam o solo adiante das pegadas dianteiras. O passo ordinário é mais curto e mais elevado, e os pés de trás tocam o solo atrás das pegadas dianteiras. Para cada tipo de passada existe uma sequência. Estas pegadas, meu caro Ronaldo, são típicas do galope. Observe novamente as pegadas. Veja a sequência das pisadas: posterior esquerda, posterior direita, dianteira esquerda, dianteira direita. Observe também que se segue um período em que todos os pés estão no ar e a próxima pegada está numa distância superior às encontradas logo na saída do celeiro, portanto, numa velocidade superior.

— A que velocidade, James?

— Difícil de prever. Alguns cavalos chegam a atingir mais de 45 quilômetros por hora. Preciso fazer alguns cálculos, mas não estou convencido com o que estou vendo.

— Como assim?!

— Depois explico. Primeiro preciso ter certeza. Vamos voltar à sede. O café já deve estar servido. Procure não fazer nenhum comentário sobre minhas desconfianças, caro Roni. Fique de boca fechada.

— Você deve ter seus motivos, James. Embora não tenha entendido muita coisa e ache que você está ficando meio louco, manterei a boca fechada. Bem fechada.

Com a ajuda de Ronaldo e um pedaço de barbante, James mediu a distância entre várias pegadas, desde a porta do celeiro e, retirando do bolso uma pequena caderneta, rapidamente fez algumas anotações. Enquanto caminhava, seus pensamentos voavam longe. Muito longe daquele lugar.

UM ENCONTRO PRIMOROSO

Na fazenda havia vários galpões. Alguns eram usados para guardar máquinas e equipamentos utilizados na manutenção, no plantio e na colheita. Outros serviam de abrigo para os diversos tipos de animais criados no lugar. Uma grande tulha era reservada às colheitas dos alimentos consumidos o ano todo pelas pessoas que moravam na colônia, construída ainda por Otto Würth. Nessa colônia moravam várias famílias que cultivavam parte da fazenda. Sempre numerosa, sobravam crianças para as brincadeiras que eram inventadas o tempo todo pela professora Noemi, que lecionava e cuidava exaustivamente da pequena escola há pouco mais de seis meses. Os pais dos alunos, todos os dias antes de irem para casa, passavam pela morada de Noemi, que ficava a caminho da colônia, a poucos metros da escola. Levavam-lhe frutas e flores com a desculpa de saber como as crianças tinham se comportado na aula. Sempre carinhosa, retribuía com fatias fartas dos bolos e tortas que também recebia de Branca, a mãe de Nino.

Como ocupava-se integralmente com os afazeres da escola e boa parte da educação extrassala de seus alunos, Noemi tinha pouco tempo para os afazeres da casa. Era comum duas ou três vezes por semana que mães de alunos viessem auxiliá-la a tarde toda. Fora então criado um círculo de relacionamento entre os moradores da colônia, Noemi e seus alunos, ao passo que em pouco tempo passaram a ajudar-se mutuamente.

Essa relação de amor espontâneo e livre chamou a atenção de Helena e Tio Aldo. Um relacionamento em que o amor faz uma via de mão dupla, vai e vem com a mesma intensidade e confiança, sem esperar nada em troca. Também não passou desapercebida por Vera, que mesmo não morando na fazenda, colocou-se à disposição para auxiliar no que fosse possível para melhorar o perfil da escola e a educação daquelas crianças. A primeira providência era conhecer de perto sua mais nova colega de ensino.

A relva ainda molhada encharcava os pés de Vera, que caminhava apressada até a casa de Noemi, pela pequena trilha que cortava o pasto que dividia o pátio da sede e a área de plantio da fazenda. Vera trazia uma valise de couro onde colocara uma coleção de livros infanto-juvenis e um pequeno Atlas geográfico para doar à biblioteca da escola. Embora ambas estivessem de férias do período escolar, a dedicação e o carinho desprendido em favor daquelas crianças revertiam em pouco tempo em mudanças até mesmo radicais em seus comportamentos, e isso era a grande recompensa.

Ao receber o presente, Noemi resolveu de imediato convidar todas as crianças do vilarejo para desfrutarem das novidades. Vera então teve a brilhante ideia de juntar as turmas para que se conhecessem e saboreassem juntas aquele momento. Voltando à sede, Vera contou a novidade para Branca, que, com a permissão de Helena, incrementaram o encontro com um belo e suculento banquete ao ar livre. Tio Aldo imediatamente acionou uma equipe para fazer uma visitinha ao pomar e dar uma mãozinha na preparação da sobremesa: uma deliciosa salada de frutas.

Amante dos esportes, Aquiles não perdeu tempo e marcou uma partida de futebol, no fim da tarde, em que jogariam os meninos contra as meninas. Embora aparentemente parecesse uma covardia, Rose adorou a ideia e nomeou-se capitã da esquadra feminina, convocando Clara e Duda para compor a equipe. Como não conheciam as garotas do lugar, foram ter com Noemi, que de pronto colocou-se à disposição para convocar uma seleção e marcar um pequeno treino secreto, ainda antes do almoço, no gramado do pasto, logo atrás de sua casa. Imediatamente acionou sua rede de contato com as famílias dos seus alunos e a notícia espalhou-se rapidamente. Em pouco tempo as meninas chegavam acompanhadas de pais e vizinhos para disputarem uma posição na peleja de futebol. Duas forquilhas, tiradas da mata pelos pais das alunas, faziam as vezes das traves do gol.

Mal deram o primeiro chute, a bola foi parar dentro de um galinheiro, que ficava no lado oposto à casa de Noemi. Ouviu-se uma bandalheira danada entre as galinhas D'Angola que ali se alojavam. Mesmo antes de alguém chegar ao local, a bola foi arremessada porta a fora. Não demorou, Cooki apresentou-se toda charmosa, como dona da façanha. Arrastando virilmente as asas até ao chão, a D'Angola batia a cabeça com vontade na bola, movimentando-a de um lado para outro, como que driblasse o vento. Nenhuma das garotas teve a coragem de tomar-lhe a pelota. Um dos pais que assistiam o treino à sombra de uma paineira arremessou um saco de estopa em cima da galinha, tomando-lhe a bola. A D'Angola não se deu por vencida e de quando em quando, aos gritos, dava seu show invadindo o campo e colocando a garotada para correr, até que, ensacada, foi presa no galinheiro. O treino terminou sem nenhuma outra trapalhada, mesmo porque as garotas escolhidas para o jogo pareciam jogar juntas há muito tempo, exceto Clarinha, que delicadamente foi convidada a fazer parte do banco de reservas.

UMA BELA PARTIDA DE FUTEBOL

O Sol ia forte quando Tia Nena tocava o sino da escola chamando a garotada para o banquete preparado por Branca, auxiliada por Vera e a equipe do Tio Aldo. Uma grande mesa foi armada à sombra da grande paineira. As crianças chegavam de todos os lados, como se surgissem do nada. Noemi e Vera as recepcionavam e nos apresentava. Imediatamente procurávamos nos enturmar, deixando transparecer o quanto estávamos felizes por podermos compartilhar aquele momento.

Max transportou Beto em uma pequena charrete, puxada por um pônei indiano. Nino acompanhava-o correndo ao lado, de braços abertos e sem camisa, imitando o voo da amiga Guiga que não demorou fazer parte da comitiva.

Fartos da comida, as crianças sentaram-se à sombra na espera ansiosa pelas novidades. Noemi, chamando Vera e Helena, revezavam-se na leitura, entusiasmadas pelo silêncio e atenção a elas prestadas. Algumas crianças que estavam retiradas do local foram também atraídas pelo silêncio, até que todos estavam reunidos como se fossem um só ouvido. Noemi emocionou-se e Vera, passando a leitura para Tia Nena, a levou até a escola para que se refizesse. Ao retornar, bastou ver o rostinho compenetrado de seus alunos para que seu coração novamente se derramasse em lágrimas de felicidade. Sabiam o quanto aquele momento construiria na alma de cada um de nós, crianças e adultos, que se misturavam naquela aventura. Ali ficamos até que o calor do sol amenizasse e fosse possível jogar futebol.

— Vamos ao jogo, pessoal! — gritava Aquiles. — Às cinco horas vem a chuva! Não vamos deixar as meninas tomarem dois banhos, vamos?

— Engraçadinho! — respondeu Rose. — Como coisa que vocês vão ganhar. Temos uma seleção, garoto. Uma verdadeira seleção. Não é, Noemi?

— Não podemos esquecer que isso é uma confraternização. Não é um torneio. Devemos ter muito cuidado uns com os outros. Muito cuidado.

— Faço minhas as suas palavras, Noemi — completou Vera.

— A torcida mais animada vai ganhar um pote de sorvete! — gritou Branca, motivando os gritos da garotada.

Clara, do banco de reservas, inflamava a torcida feminina. Enquanto que Beto, dançando em sua cadeira de rodas, misturava-se conosco na festiva torcida masculina. Rose, comandando sua equipe, atacava desde o início pelo flanco esquerdo, posição mais frágil do time adversário. Marcos, já apelidado de bola pela torcida feminina, esforçava-se para defender os fortes chutes da atacante Rose. Aquiles comandava o ataque masculino. O placar não havia se alterado até que na cobrança de escanteio, Rose cabeceou forte no canto direito de Marcos, que mesmo jogando-se por inteiro no chão, não conseguiu evitar o gol. A torcida veio abaixo com tanto barulho, que podia ser ouvido a quilômetros. O primeiro tempo terminou com o placar favorável às meninas. Os meninos, usando da melhor preparação física, fizeram as garotas correrem bastante no início do segundo tempo e aproveitando um momento de distração da defesa, empataram o jogo.

Este parecia ser o resultado mais acertado, se não fosse pelo melhor e mais hilariante lance acontecido no último minuto do jogo. Cooki, a galinha D'Angola, não suportando tanto barulho, resolveu

entrar na festa. Como que se acompanhasse a jogada escondida atrás da torcida, invadiu o campo durante a cobrança de uma falta favorável às garotas e com todo esforço jogou-se de encontro à bola, desviando-a para o fundo do gol masculino. Houve um instante de silêncio, até que o juiz validasse o tento. Quando ouvimos o apito, gargalhadas e gritos explodiram nas torcidas, que invadindo o campo, levantaram Cooki, ainda atordoada pelo chute, como a heroína da disputa. A festa foi tanta que mesmo nós, os meninos, gritávamos:
— Cooki, Cooki, Cooki.

A tarde estava mesmo maravilhosa. O relacionamento construído era mesmo perfeito. Frutas e sorvetes fizeram ainda parte da festa, até que, de repente, o céu escureceu. Nuvens pesadas se formaram rapidamente, no mesmo instante que Tio Aldo gritava para que todos se abrigassem na escola. Não daria tempo de deixar as crianças a salvo em suas casas, ou mesmo que retornássemos à sede da fazenda. Max e Nino encarregaram-se de proteger Beto em sua cadeira de rodas. Guiga amoitou-se entre as vigas da cumeeira da varanda. Trovões e relâmpagos cortavam o céu e faziam estremecer a terra. Corri para dentro da escola auxiliando as crianças menores que ajuntavam-se em pequenos grupos e abraçavam-se aos mais velhos, buscando proteção. Um vento forte anunciava a tempestade que estava por vir. A velha paineira, despida pelo vento, cobriu a varanda da escola com o branco de suas painas. Foram cinco minutos que pareceram uma eternidade. Da mesma forma e intensidade com que as nuvens se formaram, elas se dissiparam.

E pela primeira vez, não choveu numa tarde de verão.

Recompostas do susto, Vera e Noemi, auxiliadas pelos pais de alguns alunos, reuniram todos no pátio da escola para avaliar a situação. Não havia ninguém ferido. Somente o susto ainda fazia-se presente naqueles pequenos corações acelerados.

Vera abraçou-se a alguns menores e ajoelhada acariciava seus cabelos, como se fossem seus próprios filhos. Aos poucos, cada um dos alunos achou abrigo nos braços de Noemi, Branca e Tia Nena, que não perdeu a chance de contar-lhes mais uma estória.

Uma a uma, as crianças eram entregues aos pais aflitos que vinham da colônia ver como estavam ou que no pavor da correria tiveram que optar por auxiliar os filhos menores. Aos poucos as coisas acalmavam-se. Em pé, na entrada da varanda ainda tomada de branco, pasmo, eu procurava, com os olhos no horizonte, aquietar meu coração, tal qual aqueles que já corriam e brincavam a caminho de casa.

Os últimos raios de Sol daquele dia ainda iluminaram o voo rasante de Guiga rumo à cumeeira do velho celeiro, onde Nino a esperava de braços abertos e apito na boca.

A TEORIA DE JAMES

Incansável em seus afazeres, Branca preparava o jantar, auxiliada por Clara, Duda e Rose. O dia fora exaustivo e todos procuraram banhar-se rapidamente colocando-se à disposição para ajudar em alguma coisa. A recusa de Branca foi automática quanto a ter homens na cozinha:

— Agradeço muito, garotos. Mas acho que muita gente na cozinha vai atrapalhar. As meninas podem ficar. Porém aos meninos basta secarem o banheiro e depois esperar por Max, que foi na colônia e não demora. Nino deve estar no celeiro tratando dos animais. Depois, com certeza, vai empoleirar-se na cumeeira e só sairá de lá quando a Guiga se cansar da brincadeira. Hoje não deu tempo, porém amanhã vamos todos conhecê-los.

— Podemos ajudá-lo com os animais — sugeriu Eduardo.

— O Aquiles está com ele. Temos também os colonos que fazem o serviço mais pesado. Mesmo assim fico muito agradecida pela disposição de todos. Agora vão cuidar de seus afazeres porque se demorarem aqui o jantar só sai para o café da manhã.

Após faxinarmos o banheiro, nos reunimos no quarto, chamados por James, para conversarmos sobre os acontecimentos do dia. Para James, a conversa teria outro sentido. Precisava esclarecer alguns pontos ainda obscuros em seu raciocínio. Todos, exceto Aquiles, que ainda não retornara do celeiro — excluído por ser filho de Vera, proprietária da fazenda —, o escutávamos atentos, tentando entender onde ele queria chegar com sua nova teoria sobre os "mistérios da Fazenda Paraíso".

Como sempre, Ronaldo o escutava com apreensão, pois sabia que de alguma forma sobraria para ele fazer alguma pesquisa muito interessante, como tantas outras que já fizera, por livre e espontânea coerção do grupo. Marcos, de olho na cozinha, não parava de interromper:

— Vamos, James, fale de uma vez. O jantar já vai ser servido. Aonde você quer chegar com esta estória?

— Prestem atenção! Desde que chegamos na fazenda, vêm acontecendo coisas que até então não aconteciam. Podem perguntar para o Aquiles. Ele é filho do dono, nasceu aqui, vem para cá em todas as férias. Conhece este lugar como ninguém. Lembram no ônibus, quando estávamos chegando, que ele mesmo disse que todos os dias durante o verão chovia às cinco horas? E o que aconteceu hoje?

— Isso é um fato isolado, James. Acontece.

— Meu caro Humberto. Não reparou a cara do Tio Aldo desde ontem à noite, quando o Alado desapareceu? Ele está muito preocupado. A professora Vera está preocupada. A Tia Nena, o Max, até mesmo a Branca. Por que não nos deixou ir ao celeiro ajudar o Nino com os animais? Gente! Hoje foi nosso primeiro dia na fazenda. Já pensaram em tudo que aconteceu num único dia? Parece que estamos aqui há semanas.

— E hoje pela manhã? Não ouviram o bafafá que virou esta casa?

— Neste ponto você tem razão — interrompeu Ronaldo. — Eu ainda estava meio dormindo, de madrugadinha, mas deu para ouvir uma bandalheira danada na cozinha. O Aquiles levantou e parece que foi ajudar a Branca a arrumar alguma coisa que havia se quebrado. Ainda estava escuro e peguei novamente no sono.

— Pegou no sono, Roni, ou cobriu a cabeça de medo?

Rimos muito com a intervenção de Eduardo. Depois um profundo silêncio tomou conta do quarto. A conversa ficara séria demais. Era necessário pensar. James havia conseguido seu objetivo.

— Onde estão Tio Aldo, Tia Nena e a professora Vera? Alguém os viu? — indagou Akira.

— Parece-me que foram com o Max até a colônia. Já é noite, estão demorando.

— Que nada, Beto. Quem mora na fazenda é como vaga-lume, tem sua própria luz. Além do mais, devem ter ido de carro.

— Mas se demorarem, James, não vão servir o jantar.

— Pense com a cabeça, Marcão. Pare de pensar só com o estômago!

— De estômago vazio eu não consigo, James. Não consigo.

Novamente as gargalhadas tomaram conta do ambiente, seguidas de um novo silêncio. Agora, mais longo e compenetrado.

— Eu tenho uma teoria sobre o caso do Alado — disse James.

— Prestem atenção! — interrompeu Eduardo sarcasticamente. — O James tem mais uma teoria sobre o desaparecimento misterioso da nossa mula sem cabeça. O temido, o grandioso e desconhecido Alado. O cavalo que ninguém nunca viu.

— Ninguém uma ova! — bradou Ronaldo. — Nenhum de nós. Ele é muito querido por aqui. Na colônia todo mundo o conhece. Até cavalgam várias vezes com ele, contou-nos Tia Nena. O Pedrinho, um dos alunos da professora Noemi, estava falando que ele tem os pelos bem pretos, negros mesmo. Tão pretos que chegam brilhar. Tem um porte de príncipe, todo ereto, imponente e forte. Passo firme e cabeça erguida, embora pareça uma criança, vive brincando. É manso, tem um olhar terno e dócil. Por isso só é usado a passeio. Nada de serviço pesado.

— Posso falar?! Querem ou não saber qual é minha opinião sobre a fuga do Alado?

— Fala, James. No entanto, veja se não viaja muito!

— Cala boca, Marcão! Escuta e raciocina com a cabeça, não com o estômago. Vamos pensar. Não é difícil imaginar o que aconteceu e como aconteceu. O Nino disse que estava escovando o cavalo quando ele se assustou com alguma coisa e saiu em disparada. Até aí, tudo normal. Isso acontece ou pode acontecer a qualquer momento. O que não é normal é que o Nino cuida desse animal há muitos anos. Conhece-o muito bem. Sabe o que pode e o que não pode fazer.

— James! — interrompeu Ronaldo. — Lembrei-me de uma coisa. Eu fui o último aluno a sair da varanda ontem à noite. Fiquei conversando com Tio Aldo mais um pouco e depois fui ao banheiro. A janela que dá para a lateral da varanda estava entreaberta e deu para ouvir quando ele falou alguma coisa com o Max sobre um arreio e um antídoto. Não entendi o contexto da conversa, mas sei que estavam falando do cavalo. Não prestei muita atenção porque já era tarde e eu estava com sono.

— Medo tem outro nome por estas bandas, viu, pessoal. Agora é sono! — brincou Eduardo.

— Talvez isso ajude. Não se encaixa muito bem em minha teoria, mas deve ter alguma relação. Como eu ia dizendo, existe um relacionamento de confiança entre o Nino e o cavalo. Caso contrário, o Alado estaria amarrado ou trancado na cocheira enquanto era escovado. Agora prestem bastante atenção. Eu e o Ronaldo fomos até o celeiro hoje de manhãzinha. Verificamos as pegadas na entrada do celeiro e no caminho que dá para a casa onde estamos. É muito estranho. Muito estranho mesmo!

— Termina, cara. Termina! — gritou Akira.

— Havia muitas pegadas na entrada do celeiro. Pegadas profundas e pisoteadas. Dando sinal de que tentaram segurar o animal à força. Logo à frente percebe-se que as pegadas tomaram um rumo certo: o caminho que leva à sede da fazenda. Nesse ponto, elas são profundas. Marcavam bem o solo arenoso e úmido. À medida que se afastavam do celeiro, elas tornavam-se mais rasas e suave até o ponto de desaparecerem por completo. É como se o animal fosse sendo suspenso por alguma coisa.

— Lembra?! Lembra o que aconteceu ontem, James, quando o Ronaldo empurrou o Beto com cadeira e tudo para dentro da casa?

— Claro, Akira. Perfeitamente.

— Aquele relinchar apavorante! O galopar em direção à casa e, depois, o silêncio. Estava claro e não vimos nada. Deu a impressão de que mesmo quando havia o silêncio, alguma coisa ainda vinha em nossa direção.

— Era a mula sem cabeça! — gritou Beto, girando a cadeira para os lados.

— Nossa! Chega arrepiar, pessoal.

— Tinha que ser você, né, mané? Não tem vergonha de ter tanto medo, Ronaldo?

— Fica na sua, Akira. Na sua!

— Calma, pessoal — retomou James. — Muita calma neste momento. Brincadeiras à parte, pois o negócio é sério. Caso não fosse, não teria mudado a rotina da fazenda. Vamos pensar: para onde teria ido aquele cavalo? Gente, é um ca-va-lo. Não estamos falando de um beija-flor, uma borboleta ou de um pardal. É um cavalo! Pesa no mínimo umas 20 arrobas. É o Alado! Alado... a-la-do...

Os olhos de James estatelaram-se. Sua fisionomia, que era sempre estável, tomou uma forma de espanto. Levando as mãos à cabeça, exclamou, quase gritando: — É isso! É isso!

— Isso o quê, James? — indagou Beto.

— Alguém aqui já leu *Os doze trabalhos de Hércules*?

— Pirou! — exclamou Marcos. — O que o tal Hércules tem a ver conosco?

— Espera lá, espera lá! Você não está achando que este Alado aqui faz as mesmas coisas que o Pegasus, o cavalo alado da estória, está? Perguntou Beto. Nós estamos no Brasil do século XX, meu filho. Viaja não, meu irmão. Viaja não!

— Gente, tudo se encaixa. O Alado voou, sim! Não tem outra explicação. Ou voou, ou derreteu no ar.

— Ou foi raptado por um disco voador! Conta outra, James.

— Beto. Analisa o caso das pegadas. O galopar. O silêncio, com aquela impressão de que algo ainda acontecia e não víamos nada. Agora sabemos que o Alado é negro como uma noite escura. E tem mais: caso o Tio Aldo estivesse se referindo ao Alado quando falava com o Max, como nos informou o Roni agora há pouco, ainda temos um tal de arreio e um antídoto para acrescentar na estória. Vamos investigar isso. Amanhã bem cedinho vamos fazer uma visitinha ao celeiro dos animais. Quem irá comigo?

— Ficou louco?! Não sabemos que animais existem lá. É muito perigoso.

— Calma, Ronaldo. Vamos fazer um passeio matinal, só isso.

— Eu não vou. E por outro lado, Branca falou que amanhã o Max e o Nino vão nos acompanhar até o celeiro para conhecermos os animais. Acho mais seguro e prudente esperar.

— Com eles, não poderemos investigar os detalhes. Precisamos de mais tempo para bisbilhotar o celeiro.

— Não devemos ir, James — afirmei decididamente. — Lembra que Tio Aldo disse que os animais por aqui vivem soltos? Sabemos apenas que existem várias espécies, e entre elas estão Thor, o tigre, o cavalo Alado e sabe-se lá o que mais. Além dos cachorros, é claro!

— Podemos não ter outra chance para investigar. Sei que é arriscado, mas precisamos achar um jeito de entrar no celeiro sem sermos vistos.

Enquanto falava, James andava em círculos pelo quarto. Pensativo, buscava no seu íntimo uma saída para o impasse criado:

— Tem que haver uma saída. Tem que haver!

Todos fomos pegos de surpresa quando bateram à porta. Era Branca avisando que o jantar estava servido.

UM SEGREDO A MAIS

Vera havia acompanhado Tio Aldo e Helena até a colônia. Intrigada com o comportamento dos animais, temia pela nossa segurança, embora partilhasse vários segredos da vida na fazenda. Casada com o Dr. Gomes, havia presenciado ao longo dos anos várias experiências com animais de muitas espécies. Discreta, nunca interferiu na profissão do marido, embora questionasse alguns procedimentos adotados ainda por Otto Würth em relação aos animais da fazenda, há muitos anos atrás. Queria conversar novamente com a professora Noemi. Pretendia tirar dela algumas informações sobre os acontecimentos dos últimos meses na fazenda. Talvez Noemi pudesse ajudá-la a entender um pouco mais de tudo que havia ocorrido naquele dia. Sabia também que seria impossível tirar alguma coisa de Max, fiel escudeiro de Tio Aldo e Tia Nena. Caso não desse certo com Noemi, tentaria com Nino. Com seu jeito meigo e a experiência de pedagoga, com certeza conseguiria algumas informações com o menino. Embora não quisesse arriscar um confronto direto com os tios. Vera sabia que uma conversa franca e direta seria inevitável, mas que aquele não era o momento adequado. Iria esperar até estar confiante que ninguém pudesse ocultar-lhe algo que não fosse de sua inteira aprovação ou colocasse alguém em perigo. Em último caso, iria ter com o Dr. Gomes Würth, seu marido, que embora não estivesse na fazenda, com certeza estava sabendo de tudo.

Que alguma coisa estava saindo fora de controle ela já havia pressentido e sabia também que a visita à colônia tinha muito a ver com tudo isso. Precisava esperar um pouco mais. Por outro lado, deveria agir, mesmo que com muita cautela.

Quando Max parou o carro em frente à casa de Noemi, Vera saltou rapidamente, e com um belo sorriso nos lábios e uma deliciosa torta de maçã nas mãos, não deixou transparecer suas desconfianças. Noemi a esperava com ansiedade, pois previa que a visita não era somente por cordialidade, visto que passaram praticamente o dia todo juntas.

A noite caía com firmeza, deixando transparecer uma Lua avermelhada pelos últimos raios de Sol. O Jipe cortava o pasto rumo à colônia de trabalhadores. De repente, Max tomou um outro caminho, um atalho que levava diretamente à mata baixa do riacho norte. Esse riacho nascia no monte mais alto que circundava a fazenda e acompanhava o relevo levando água nos principais pontos de alimentação dos animais, servindo também como fonte de irrigação. Ao pé da montanha, um paiol coberto de palha, que normalmente era usado para a guarda provisória da colheita dos cereais, dava abrigo aos colonos que faziam a vigia em busca do cavalo desaparecido. Um enorme descampado que separava a área de plantio da mata baixa abria-se à frente, deixando ver os girassóis que cobriam a terra como um manto verde e amarelo. Uma espécie com características típicas do lugar — enormes cabeças eram sustentadas por pequenos caules — media em média um metro de altura, enquanto as cabeças tinham quase oitenta centímetros de diâmetro.

Como das outras vezes, as maiores possibilidades eram de encontrar o animal próximo à trilha proibida. Em suas fugas anteriores, Alado escondera-se sempre no mesmo lugar. Era como um encontro marcado todo início de verão. Porém, desta vez ele não deixara rastro algum. A fogueira acesa no terreiro em frente ao paiol dava a nítida impressão de uma festa junina no Arraial. Usada para espantar os animais durante a noite, aquecia também o bule de café, indispensável companheiro dos vigilantes.

— Nenhum sinal do cavalo, Max?

— Nada, Tio Aldo. Das outras vezes foi mais fácil, havia marcas por todos os lugares. Ao passar pela plantação de girassol, derrubava tudo que vinha pela frente, deixando uma trilha fácil de seguir. Agora parece que está andando com os pés nas costas. Não deixou nenhuma pegada. Nem mesmo o Hook o farejou.

— Max, troque os vigias e os mantenha aqui por alguns dias. Talvez ele ainda apareça por aqui. Quanto às ordens extremas, continuam as mesmas.

Enquanto Max dava as ordens aos colonos, Tia Nena tentava apaziguar os ânimos do marido:

— Querido, será realmente necessário sacrificar o animal?

— Helena, não podemos colocar ninguém em perigo. As ordens quanto à integridade dos colonos ou de qualquer pessoa que estiver sob a tutela da fazenda são bem claras.

— Não estamos nos precipitando? Afinal, não sabemos com certeza o que está acontecendo. Poderíamos tomar outras atitudes preventivas antes de sair por aí sacrificando animais tão especiais quanto estes. Esta não é a primeira fuga do Alado e nunca foi preciso tomar uma atitude tão drástica.

— Querida, outras coisas aconteceram que você ainda não sabe. Os animais maiores estão agindo de maneira suspeita e foi preciso usar o antídoto no tigre, hoje pela manhã. Devemos cancelar a visita dos alunos ao celeiro dos animais, até que tenhamos certeza do que está acontecendo.

— Não devemos conversar com a Vera e o Aquiles antes de tomar qualquer atitude em relação aos alunos? Precisamos deixá-los a par dos acontecimentos. Acho que poderíamos nos reunir após o jantar no celeiro principal, assim o Nino, a Branca e o Max participariam também.

— É uma boa ideia. Vamos voltar à sede. Vou ligar para o Dr. Gomes para saber o que devemos fazer. Talvez seja o momento de nos reunirmos em conselho.

Em minutos, Max manobrava o Jipe para retornar à sede da fazenda. Sem perceber, ao dar a marcha à ré, afastou-se demasiadamente do caminho, atropelando um pequeno pé de girassol que se enroscou entre o pneu de estepe e o para-choque traseiro do carro. Robusto e pesado, o carro rumou para a casa de Noemi, onde Vera os esperava, após uma longa e amigável conversa sobre os últimos acontecimentos.

Noemi falava com entusiasmo das belezas do lugar e de como era tratada pela comunidade. Embora estivesse morando há poucos meses na fazenda, passava o tempo todo envolvida com os alunos e as famílias dos colonos. Deixava transparecer entre uma frase e outra as mil e uma dificuldades de lecionar em uma escola rural. Não havia percebido nenhuma mudança radical de comportamento nas crianças nos últimos dias, exceto a alegria contagiante pelo programa diferente daquele dia. Tempestade à parte, achou normal a falta da chuva e a preocupação do Tio Aldo e Tia Nena com todos os moradores da colônia. Estavam ali oferecendo a mão amiga, como sempre fizeram.

O Jipe encostou em frente à casa. A forte luz externa da pequena varanda iluminava o terreiro, onde alguns quilos de castanha encomendadas por Branca para servirem de recheio em seus quitutes esperavam para serem guardadas. Vera apressou-se em despedir-se de Noemi e entrar no carro. Porém, ao dar a volta por trás do veículo, notou as folhas do pé de girassol enroscadas no para-choque. Rapidamente colheu algumas e colocou-as no bolso da blusa que usava. Conhecia aquela planta e sabia muito bem onde poderia encontrá-la. As pedras do grande quebra-cabeça começavam a se encaixar, embora soubesse que a conversa com os tios era inevitável. Agora mais do que nunca.

Um grande silêncio reinou no carro durante o trajeto de volta à sede da fazenda. Max volta e meia olhava pelo espelho retrovisor tentando desvendar alguma expressão no rosto de Vera, iluminado apenas pelos poucos reflexos da Lua cheia suspensa no ar.

UMA GRATA SURPRESA

O jantar estava sendo servido quando chegaram à sede da fazenda. Ao ouvir o barulho do carro se aproximando, Nino e Aquiles, que ainda estavam no celeiro dos animais, foram ter com os tios e juntos encaminharam-se para a sala de jantar. Havíamos nos acomodado em volta da grande mesa de madeira. Bastou um rápido olhar sobre os patrões e Branca percebera imediatamente que as coisas não haviam tomado o rumo desejado. Discreta, continuou a servir o jantar como se nada tivesse acontecido. Na cozinha, o velho fogão de lenha ainda ardia em chamas e o bule de café aquecia-se, em banho-maria, sobre a chapa de ferro fundido. Não tardou para Marcos quebrar o clima.

— Tudo bem com as crianças da colônia, Tia Nena?

— Tudo, meu rapaz. Foi só um susto. Tudo já voltou ao normal e amanhã, com certeza, elas estarão prontas para uma nova aventura. Esperem só pra ver.

— Precisamos conhecê-las melhor. Qualquer hora vamos todos visitá-las. A ideia do futebol e do dia cultural foi ótima. Pena que o vendaval atrapalhou o congraçamento, mas devemos retomar os laços de amizade antes do fim das férias.

— O James ficou todo derretido pela professora Noemi. Não é, James?

— Claro que não, Duda. Ela é admirável pela doçura com que trata os alunos e pela escolha que fez em lecionar aqui na fazenda, sendo que em Esperança, por exemplo, ganharia um salário bem melhor com muito menos trabalho. Admiração é muito diferente de "derretimento", meu anjo.

Vera defendeu imediatamente as ideias de James.

— Noemi é uma pessoa muito simples e bondosa, crianças. Não é preciso muito tempo nem muitas palavras para conhecê-la, basta olhar em seus olhos. Eles refletem a sua alma e deixam transparecer seu caráter.

Aquiles, que também comungava da mesma opinião de James, colocou fim à conversa sobre Noemi e procurou saber dos tios.

— Vocês demoraram, Tio! Eu já estava preocupado. Afinal, já é noite e atrasaram-se para o jantar.

— Foi só uma visita de cortesia, Aquiles. Nada de mais. Assim, preservamos o relacionamento com os colonos. Não é, Vera?

Tomada de surpresa, Vera concordou rapidamente com Tio Aldo, embora em seu íntimo houvesse outra pergunta: "o que será que foram fazer nas proximidades da mata baixa?". Aquele era um lugar pouco frequentado pelos colonos e até mesmo pela família Würth. Ali concentrava-se um grande número de animais, de várias espécies, que viviam soltos como em uma reserva florestal. Encontrava-se também, muito próximo da entrada da trilha proibida, um local intransitável há muitos anos, desde as primeiras expedições de Otto Würth. Por outro lado, por saber das fugas de Alado, conhecia também o lugar onde ele era sempre encontrado. O que não justificava o silêncio dos tios era a forma adversa com que conduziam um problema que já havia se tornado rotina na fazenda: a fuga anual do Alado. Sempre no início do verão.

Perdida em seus pensamentos, Vera já não percebia a expressão das pessoas à sua volta.

Marcos estava estrategicamente sentado ao centro da mesa e acompanhava com o olhar toda e qualquer movimentação de Branca.

A cada prato servido, parecia suspirar aliviado como quem não via comida há pelo menos uma semana.

— Passa o purê de batatas!

— No pão ou na torrada, Marcão?

— Você é muito engraçadinha, Clara. Mas não sabe fazer piada. Deixa as gracinhas para o Dudu, pelo menos assim a gente dá umas boas risadas.

Bastou um olhar matreiro do Eduardo para Clara e a mesa veio a baixo numa inexplicável explosão de risos. E como na noite anterior, o clima de festa voltou a reinar.

— Teremos uma sessão de histórias após o jantar, Tia Nena?

— Não, Rose. Estamos todos muito cansados. O dia de hoje foi trabalhoso e precisamos nos recolher mais cedo. Amanhã vamos visitar o pombal logo após o café. Quero que conheçam os pássaros que vivem na região.

— Pensei que fôssemos ao celeiro dos animais, Tia Nena...

— Sim, Sr. Humberto. Vamos conhecer todos os animais da fazenda. Começaremos pelo pombal, depois vamos percorrer as pastagens e o curral. Assim vocês vão se familiarizando com o ambiente e quando formos ao celeiro principal já estarão prontos para ajudar o Nino e o Aquiles a alimentar os animais. Não é mesmo, Max?

— Claro, Tia Nena! Vão poder até andar a cavalo. Tem uns pôneis que até a menina Clara poderá montá-los sem medo. O Nino poderia ajudá-la. O que você acha da ideia, Nino?

O garoto empalideceu. Parecia petrificado com a sugestão do pai. Tudo que ele mais queria era ficar ao lado de Clara. Mas, pego de surpresa, não sabia como reagir nem ao menos o que dizer. Clara sorriu, direcionando seu olhar para o garoto e depois para Max.

— Será um prazer, tio Max. Gostaria muito de passear de pônei e também saber um pouquinho mais sobre a amizade do Nino com a Guiga. É uma amizade muito bonita e bastante interessante.

— *É realmente uma história muito bonita* — afirmou Dr. Gomes, entrando de surpresa porta adentro.

— Gomes! O que faz por aqui, querido? Por que não avisou que vinha? — indagou Vera, que, levantando-se rapidamente, abraçou o marido.

— Branca não lhes deu o recado? Liguei logo pela manhã, avisando que viria.

— Perdoe-me, Vera. É verdade. Com a correria para aprontar o piquenique da garotada, acabei me esquecendo. E olha! Até anotei na agenda. Esqueci-me completamente.

— Não tem problema, Branca. Sabemos o quanto você fez por todos. Só temos a agradecer.

— Obrigada, Vera. Mas para compensar o esquecimento, temos uma deliciosa sobremesa: pudim de jaracatiá com coco e calda de caramelo!

A festa estava instaurada. Marcos foi o primeiro a se servir do pudim, com uma fatia bastante generosa. Aquiles acompanhou-o servindo carinhosamente o pai, embora Gomes mal havia começado a jantar. Esperei que todos se servissem, enquanto observava Tio Aldo se desculpar e ir alojar-se na cadeira de balanço da varanda. Helena o seguiu, acompanhada por Max.

— Parece proposital a chegada do Dr. Gomes, né, Tio Aldo?

— Não digo proposital, caro Max. Digo necessária e na hora certa.

— Parece até combinada, Nena.

— É não, querido. Ele avisou que viria. Já que está aqui, poderíamos ter aquela conversa logo mais, no celeiro principal. O que vocês acham?

— Em conselho, Tia Nena?

— Sim, Max. Em conselho! Logo que as crianças se recolherem, vamos todos para o celeiro. Avise-os.

— Acho melhor que o Nino e o Aquiles não participem. Talvez decidamos por sacrificar algum animal e não será bom colocar uma decisão dessas nas mãos de dois garotos.

— Concordo, Tio Aldo.

— Você tem razão, querido. Deixe-os fazendo companhia aos alunos e depois comunicamos a eles as decisões do conselho.

Enquanto Branca retirava a mesa do jantar, discretamente Max comunicou um por um sobre a reunião do conselho. James o acompanhava com os olhos, tentando ler seus lábios quando se aproximava de alguém. Não conseguiu entender a mensagem, mas sabia que algo importante iria acontecer.

UMA CHAVE PARA O MISTÉRIO

Lá fora, o silêncio era parceiro da noite e o pouco sereno que caía já não umedecia o chão como anteriormente. Olhos atentos vigiavam a mata baixa à espera do cavalo Alado, aquecidos pelas chamas de uma fogueira que iria arder até o raiar do Sol. Aos poucos nos entregávamos ao cansaço de um dia repleto de emoções e nos recolhíamos aos nossos aposentos. Aquiles e Ronaldo, por estarem alojados na sala, foram os últimos dos rapazes a se deitarem. As luzes se apagaram em quase todos os aposentos. Somente o corredor que dava para os quartos das meninas, a varanda e o celeiro principal continuavam iluminados.

As horas pareciam eternas naquela noite para a pequena Clara. A escuridão do quarto tomava-a por inteiro e parecia penetrar em sua alma. No peito, uma sensação de vazio fazia descompassar as batidas do seu coração. Na mente, a figura de um menino franzino, de braços abertos, imitando uma águia, refletia-se como a mais bela imagem humana. Um nome não saía de seus pensamentos: Nino. Aquela imagem inspirava-lhe confiança e liberdade. Uma liberdade que ansiava em conquistar, embora nunca houvesse experimentado seu sabor. Uma confiança que até então não havia depositado em ninguém, exceto em sua mãe. Duas lágrimas rolaram daqueles olhos, inundando de azul o bordado do travesseiro.

O relógio da sala de estar batia vinte e duas horas. A claridade da varanda invadia o quarto de Nino pela janela ainda aberta. O tic-tac era para alguns cantiga de ninar. Para Arlindo, um simples compasso ritmando o balançar de um lápis tentando escrever algumas palavras em um pedaço qualquer de papel. Palavras que jamais pronunciara. Talvez por isso tão difíceis de serem escritas.

Aos poucos, um nome tomava forma no cabeçalho: *Clarinha*. Depois: *Querida Clarinha*. Por horas, nada mais foi escrito. Nino olhava aquele pequeno pedaço de papel. Lia e relia aquele nome. Até que, de um salto, tomou-o entre as mãos e amassou-o de encontro ao peito, com força, quase o fazendo penetrar em si.

O abrir e fechar da janela do quarto ao lado o trouxe de volta à realidade. Era James. Sorrateiro, pulara a janela que dava para a varanda e esquivava-se na noite, rumo ao celeiro principal. Imitando-o, Nino o seguiu em silêncio. Hook, o cachorro, estava solto e rondava o celeiro. Nino colocou-se à frente do animal e o dominou, antes que avançasse sobre James, fazendo com que não latisse.

— O que você está fazendo?! Quer ser atacado pelos cachorros?

— Desculpe, Nino! As luzes acesas me chamaram a atenção e pensei ter visto um cavalo por aqui.

— Um cavalo?! Há estas horas? Impossível!

— Fala baixo! Também acho. Mas como as luzes estão acesas, resolvi dar uma olhada. Tem gente no celeiro, Nino.

— Deve ser o Dr. Gomes. Sempre que está na fazenda, trabalha até tarde nos celeiros.

— Fazendo o quê?

— Cuidando dos animais. Dando vacinas.

— E você, o que faz aqui?

— Tentando salvar um bisbilhoteiro da boca do Hook. Não saia da casa à noite sem alguém que conheça os animais. É muito perigoso.

— Vou me lembrar disso. Amigos?

Estendendo a mão em direção ao colega, James selou uma grande amizade com Nino, que de pronto retribuiu-lhe o afeto.

Em silêncio, os meninos aproximaram-se do celeiro, escoltados por Hook, que ao reconhecer Nino, passou a integrar a comitiva.

A conversa estava tão fervorosa que não notaram a presença dos garotos.

— Tenho a impressão, Tio Aldo, de que ainda não sei de tudo o que está acontecendo por aqui. Por exemplo: o que vocês foram fazer no fim da tarde lá pelos lados da mata baixa?

— Como sabe disso, Vera? — indagou Helena.

Vera puxou do bolso da blusa as folhas de girassol que encontrara presas no para-choque do Jipe. Quando ia mostrá-las para Helena, assustou-se.

— Estavam verdes, ainda há pouco!

— Como assim, querida? Que folhas são estas?

— Girassol, Gomes. Estavam enroscadas no para-choque do Jipe que o Max usou para levar Tio Aldo e Helena até a colônia, e todos nós sabemos muito bem onde estão plantadas. Peguei-as no começo da noite, quando saí da casa da professora Noemi. Estavam verdes. Vivas!

— Calma, querida! Devem ter sido aquecidas pelo escapamento do carro. Secaram com o calor e os gases do escape.

— Pode ser! Porém não justifica ocultarem a verdade.

— Ninguém está ocultando nada, Vera. Não sabemos direito o que está acontecendo. Estamos reunidos aqui exatamente para tentarmos entender isso — retrucou Tio Aldo.

—Olha, querida, íamos ligar para o Gomes assim que chegássemos em casa exatamente para perguntar o que devíamos fazer. Estamos tão confusos quanto você.

— Tia Nena, me desculpe! Estou nervosa e preocupada com a segurança dos alunos. Pela manhã vi o Thor enfrentando o Hook e o Max. Depois, a tempestade, a ida de vocês até a mata baixa, e agora estas folhas ressecadas. Já não sei o que pensar!

— Vamos com calma, pessoal — interrompeu Dr. Gomes, acrescentando: — Max, conte-me tudo que está acontecendo na fazenda. Em todos os setores. Não oculte nada, por pior que seja.

Max relatou todos os acontecimentos desde a última visita do Dr. Gomes à fazenda. Embora não fizesse nem três semanas, Gomes espantou-se com tantas novidades. Principalmente após a nossa chegada, há pouco mais de vinte e quatro horas.

— E quais as providências tomadas, Tio Aldo? Alguma notícia do Alado?

— Nenhuma notícia, Gomes. Montamos guarda no paiol próximo à trilha proibida e dei ordem para abaterem o animal, caso ele se torne perigoso. Acredito que seja de lá a folha de girassol que Vera encontrou no Jipe.

— E o Thor?

— Sob o efeito do antídoto, Doutor. Desculpe-me, mas não tive alternativa. Ele estava deveras agitado e investiu contra mim e o Hook. O maior problema é que era a última dose do antídoto. Coloquei as ervas para secarem e amanhã devemos preparar doses extras. A briga mexeu com os ânimos de todos os animais do galpão central.

— E os seus alunos, querida?

— Tranquilos. Pelo menos por enquanto. Não parece terem percebido nada de estranho, talvez por não conhecerem a rotina da fazenda. Assim, se julgarmos a possibilidade de qualquer risco à segurança deles, acho melhor interromper agora mesmo a excursão e retornar à cidade.

— Acredito não ser necessário, querida. Dê-me mais umas doze horas e teremos respostas para esses acontecimentos. Max, logo pela manhã substitua os colonos que estão montando vigia e veja se há novidades por lá. Enquanto isso vou fazer uma inspeção nos animais do galpão central, inclusive no senhor Thor e no Hook. Tio Aldo, mantenha os alunos longe da sede da fazenda no período matutino, porém peça ao Aquiles e a mais dois colonos para me auxiliarem.

— Já havíamos pensado nisso, Gomes. Combinamos com os alunos um passeio até o pombal. Depois vamos andar a cavalo até a hora do almoço — completou Helena.

— E se passássemos o resto do domingo com os colonos? — sugeriu Branca. Poderíamos ir à capela e na volta passamos pelo pomar e apanhamos algumas frutas.

— Eles vão adorar, Branca. Será um domingo maravilhoso!

— Ótimo. Assim temos mais tempo para agir, Helena. Agora vamos descansar o esqueleto, que já passa das onze e daqui a pouco o galo vai cantar. Vamos entrar pela porta dos fundos para não acordar ninguém — finalizou Gomes.

James e seu novo amigo, Nino, escutaram toda a conversa sem ao menos piscar os olhos. Pasmo, James não via a hora de ficar a sós com Nino e encher o garoto de perguntas. Iria querer saber de tudo direitinho, afinal, Nino já deveria saber de todos esses acontecimentos. Entretanto, algo lhe chamou ainda mais a atenção: a folha de girassol. Intrigado, tomou o amigo pelas mãos e dirigiu-se ao celeiro onde estava guardado o Jipe. Hook ainda fazia parte da comitiva.

— Tem algum outro cachorro solto por aí, Nino?

— O Maroto! Por quê?

— É bravo?

— É um buldogue. Adora carne nobre.

— Engraçadinho! Mantenha-o longe da gente. Preciso dar uma olhada se ainda há folhas de girassol presas no Jipe. Você tem uma lanterna?

— Na prateleira da frente, na entrada do celeiro. Próximo aos fardos de feno. Usei-a ontem à noite.

— Ótimo. Vamos lá.

Por sorte, a presença de Hook junto aos meninos intimidou o filhote de buldogue, que não quis saber de brincadeiras. Permaneceu quieto em seu canto sem provocar barulho, vigiado por Nino e o perdigueiro. James recolheu as folhas que ainda restavam no Jipe, colocou-as sob a camiseta e furtivamente voltaram para os seus aposentos, prometendo continuar a conversa no outro dia pela manhã. Enquanto Nino pulava a janela do quarto, James entrou no banheiro que dava para a varanda, acendeu a luz e examinou cuidadosamente as folhas de girassol. Colocou-as depois em um saquinho de papel que encontrou na prateleira que ficava atrás da porta e as guardou no bolso, antes de adentrar sorrateiramente em seu quarto, acomodar-se silenciosamente em sua cama e ser vencido pelo cansaço de mais um dia de aventuras.

ALVORADA E VIDA

A alvorada do domingo foi mesmo maravilhosa. Pássaros cortavam o céu límpido, enquanto o Sol nascia com todo seu esplendor. O verde das matas resplandecia ao som das mais diversas sinfonias. Um típico dia de verão, ensolarado e quente. Max acordou com as galinhas, cumpriu seu ritual matutino e foi ter com os colonos que mantinham guarda no portal da trilha proibida. E como havia combinado com o Dr. Gomes, retornou imediatamente, antes que alguém pudesse perceber sua ausência. Branca preparava o café da manhã enquanto os primeiros garotos acordavam com o cheiro do bolo de fubá que recendia por toda a casa. Tudo parecia tranquilo, até ouvirem os gritos de Clara que acordara aos prantos.

Num salto, Vera estava à porta de seu quarto, encontrando-a em pé, ao lado da cama toda manchada de sangue. Eduarda e Roseli tremiam. Assustadas com os gritos, tampavam o rosto com as mãos, tentando esconder o medo. Clara chorava incessantemente. Vera aproximou-se e, abraçando-a, acariciou seus cabelos com um profundo instinto maternal. Branca entrou no quarto e, percebendo o ocorrido, foi em socorro de Rose e Duda, procurando acalmá-las.

— Feche a porta, Branca. Daqui a pouco os meninos estarão todos aqui — impôs Vera. E voltando-se para a menina Clara, acrescentou:

— Não foi nada de mais, meu anjo! Isso é natural entre as mulheres. Todas nós passamos por isso, mais cedo ou mais tarde. Não é mesmo, Branca?

— Na primeira vez ficamos assustadas, mas depois nos acostumamos e aprendemos a nos precaver. Não tenham medo.

Olhando para as garotas Duda e Rose, acrescentou.

— A Clara agora é uma mocinha. Teve início hoje o seu ciclo menstrual. Aqui na fazenda falamos que a mocinha se formou. É motivo de festa, sabiam?

— Branca, traga água com açúcar para as mocinhas enquanto acompanho a Clarinha ao banheiro. Nada que um bom banho não resolva. Só evite molhar a cabeça, querida.

Quando Branca abriu a porta, todos os garotos estavam a postos com a mesma pergunta na boca:

— O que aconteceu com as meninas?

— Garotos, já para baixo! Não aconteceu nada. Foi só um pesadelo. Um sonho ruim, só isso. Vou fazer uma água com açúcar e tudo vai voltar ao normal. Enquanto isso, podem ir servindo o café. Vamos sair logo, logo. Vamos ao pombal. Vai ser muito divertido.

Tia Nena entrou no quarto e, abraçando as garotas, procurava amenizar o susto.

— Rose, Duda, tudo bem com vocês, garotas?

— Sim, Tia Nena. O pior já passou. Foi mais o susto.

— Vou tirar a roupa de cama e levar para a lavanderia, está bem?

— Tudo bem, Tia. A Branca foi buscar água com açúcar e a Vera está no banheiro com a Clara.

— Comigo foi a mesma coisa, sabia?

— Quantos anos a senhora tinha?

— Eu? De doze para treze anos. Estava na casa da minha madrinha, em Esperança. Minha mãe nunca havia falado comigo a respeito do ciclo menstrual. De repente, durante o banho percebi que estava sangrando. Pensei que ia morrer. Entrei em desespero e comecei a gritar. Minha madrinha teve que arrombar a porta do banheiro. Nunca mais esqueci aquele dia. E vocês, já passaram por isso?

— Eu já, Tia Nena — respondeu Duda. — Foi no começo do ano. Minha mãe havia conversado comigo várias vezes. Não houve surpresa nenhuma, já estávamos esperando que acontecesse. Portanto, se a Clara precisar, tenho absorventes na mala. Pode pegar para ela.

— Que legal, Duda! Então temos mais uma mocinha por aqui! E você, Rose? Como é na sua casa?

Fez-se um longo silêncio no quarto. Roseli abaixou a cabeça e seus olhos encheram-se de lágrimas. Tia Nena, percebendo o sofrimento contido naquele silêncio, abraçou-a fortemente.

— Tudo bem, meu anjo! Desculpe. Não precisa falar nada. Apesar de natural, isso é uma coisa muito particular. Tem a ver com muitas coisas que mexem com nossas emoções, lembranças, sentimentos. Precisamos respeitar o momento de cada um.

— Não se entristeça por isso, e nem se sinta envergonhada — acrescentou Branca, entrando no quarto com os copos de água com açúcar.

— Vamos abrir estas janelas, deixar o Sol entrar, que o dia está maravilhoso! Temos um compromisso, esqueceram? Tomem esta aguinha para ficarem bem calminhas e vamos cuidar do nosso passeio, tudo bem?

— Está ótimo, Branca. Vamos à luta!

Enquanto Branca e Helena trocavam as roupas de cama, Vera ensinava Clara a se cuidar, apoiando-a em seu novo ciclo de vida. Como professora, por várias vezes havia presenciado aquele momento em sala de aula. Porém em nenhum deles havia sentido uma emoção tão grande quanto a vivida ali. Era como presenciar o desabrochar de uma flor, numa linda manhã de primavera.

A CAMINHO DO POMBAL

Aos poucos, descemos todos para o café e nos preparamos para o passeio ao pombal. Tia Nena e Tio Aldo reuniram-se conosco na varanda para explicar-nos como seria o passeio daquele domingo. Aquiles justificou sua ausência dizendo-nos da importância do trabalho com o pai em relação aos animais da fazenda.

Max, surpreendendo a todos, surgiu de trás do celeiro em uma carroça comprida, com quatro rodas, em estilo alemão, toda enfeitada com flores do campo. Um presente das senhoras da colônia, em retribuição à festa promovida no dia anterior. Todos gritávamos e assoviávamos com tanta alegria que até mesmo o Doutor Gomes, por um momento, entrou na festa.

Acalmado os ânimos, subimos na carroça, um a um, dando preferência para que as meninas pudessem ir no banco da frente, recém-revestido em espuma e courvin, acompanhando Max e Tia Nena. Timidamente, Akira apanhou algumas flores e enfeitou os cabelos de Helena, que, imitando-o, fez o mesmo com Duda e Rose.

O banco de trás tinha o formato de um baú. Servia como porta-malas ou porta ferramentas. No momento, era onde haviam colocado as cestas repletas de guloseimas para o piquenique e uma caixa de papelão enfeitada com papel de presente, onde, segundo Tio Aldo, estavam os apetrechos necessários ao passeio. Uma capota conversível, que estava arriada, também havia sido adaptada à traseira, sendo fixada por grandes arcos de ferro. Tio Aldo alojou-se ao lado de Nino, James e Beto, que devido à cadeira de rodas, necessitava de mais espaço. Os demais alojaram-se no assoalho, sentando-se ao meu lado, em pequenas almofadas emprestadas por Branca, que auxiliada pelas esposas dos colonos, ficara na casa para preparar o almoço.

As rodas originais da carroça, que eram de madeira revestida com um arco de ferro, haviam sido substituídas há anos por pneus. Perdera um pouco da graça, porém ganhou em conforto e comodidade aos passageiros. Partimos.

Da janela de seu quarto, Clara nos acenava, com os olhos rasos d'água. Vera a acompanhava, mantendo um altivo sorriso nos lábios.

— A Clara não vem, Tio Aldo?

— Não, Nino. Ela está com um pouco de fraqueza. Vera e Branca resolveram ficar com ela. Amanhã ela estará melhor e poderá passear com vocês.

Nino calou-se. Um sentimento de dor e perda tomou conta do seu coração. Não sabia explicar, porém sentia. Não sabia a razão, mas sentia. Não sabia o que era, mas sentia. À medida que a carroça se afastava da sede, a dor aumentava. Não pensou duas vezes. Deixou aflorar o instinto e, apanhando um dos ramalhetes de flores do campo que servia de enfeite, saltou da carroça em movimento.

— Aonde você vai, Nino?! — gritou Humberto, assustado pela atitude espontânea do garoto.

— Vou a cavalo! Alcanço vocês daqui a pouco no pombal.

— Garoto peralta! — exclamou Tio Aldo. — Isso não se faz. Poderia ter se machucado.

— Pra quem vive em cima do telhado, Tio Aldo, pular de uma carroça a dez quilômetros por hora deve ser moleza — brincou Eduardo.

A carroça toda enfeitada seguiu rumo ao pombal, cortando caminho pelo meio do pasto. A relva já não estava tão molhada. O sereno que normalmente caía intensamente, pouco apareceu naquela madrugada. O céu límpido prometia um lindo dia de Sol. Tio Aldo, Helena e Max, acostumados com os passeios pela fazenda, distribuíram chapéus de palha, para que todos pudéssemos nos proteger. Olhávamo-nos, curiosos para saber como seria aquela aventura. O balançar da carroça fazia com que nos agarrássemos uns aos outros, provocando gritos e gargalhadas. Não tardou a surgirem inúmeras perguntas que Max, Tio Aldo e Helena respondiam com carinho e sutileza:

— Tio, por que o pasto é todo cercado em forma de quadrados, com fios tão finos que quase não dá para vê-los? Por que em vez de porteiras são usados os mata-burros? Parece um enorme tabuleiro de xadrez!

— É mesmo proposital, garotos. Durante um período de tempo, colocamos os animais num dos quadrados. Depois, os passamos para outro, onde o capim já está recuperado. Assim, temos um bom pasto o ano todo. Os fios são de uma cerca elétrica de baixa potência. Caso o animal encoste-se nela, recebe um choque e se afasta. Com o uso dos mata-burros, evitamos a impressão de confinamento. Deixando o animal com uma visão mais ampla, diminuímos o estresse e os deixamos mais à vontade. Um outro motivo é por termos aqui várias raças de gado, ou seja, de várias espécies. Gado de corte, de leite. Búfalos.

— Búfalos! — exclamou Ronaldo.

— Calma, Roni. Não precisa ter medo. Estamos seguros aqui. Os búfalos estão em outro pasto e ao contrário do que a maioria imagina, esses animais são domésticos e muito dóceis. Nada a ver com os búfalos selvagens da África, que estamos acostumados a ver nas imagens dos safáris — explicou Tio Aldo, acrescentando: — Esses animais, além de nos fornecerem a carne e o leite, são usados cotidianamente nos trabalhos executados no campo. O búfalo foi introduzido no Brasil no fim do século XIX, na ilha de Marajó, no

Pará. Podem ser criados em diferentes condições climáticas, tendo como preferência as regiões alagadas ou pântanos.

— Existem pântanos na fazenda, Max? — interrompeu Duda.

— Não é bem um pântano, garota. Digamos que seja um alagado. Fica próximo à colina sul, no outro lado da fazenda.

— E o que tem lá, Max?

— Muita água, menino! Muita água.

Todos riram muito da forma como Max respondera à pergunta de Eduardo. Max continuou:

— É lá que estão os búfalos. Eles preferem os banhados por possuírem menos glândulas sudoríparas que os bovinos e uma camada de epiderme bastante espessa.

— É claro! — interrompeu James. — Assim, eles procuram as regiões pantanosas para se refrescarem.

— Isso mesmo, garoto! — retrucou Helena.

— Existem outros animais no alagado, Max?

— Muitos. Um dos mais interessantes é o jacaré-açu. Ele é enorme, chega a medir uns seis metros e pesa em média uns trezentos quilos. É muito bonito. Sua carne é muito saborosa, o couro é de cor escura e o papo é amarelo. Por ter o couro muito cobiçado, a matança o colocou na lista dos animais em extinção, embora seja um animal extremamente violento. Mas vida de jacaré não é fácil, se não é comido no ovo por carnívoros ou cobras, na maioria das vezes é devorado, assim que nasce, pela jiboia ou por outros jacarés adultos.

— Não é muito perigoso tê-los por perto, Tio Aldo? — perguntou Duda.

— É preciso protegê-los, querida. Uma vez ou outra devoram um bezerro, ainda assim são menos perigosos que um caçador com um rifle nas mãos.

— Como estava dizendo — interrompeu Max —, o clima aqui é meio misturado, e isso nos dá a possibilidade de ter uma variedade muito grande de animais.

— Cuidado, Max! — gritou Helena, apontando para frente da carroça.

— É um tatu-galinha. Por pouco não o atropelamos. Vamos descer para podermos vê-lo melhor.

— Ele está fugindo!

— Esta é a forma que ele tem de se proteger, Marcos, além de se fechar em sua carapaça, quando se sente encurralado.

— Ele é um exímio nadador, sabiam? — acrescenta James. — Atravessa pequenos riachos, caminhando tranquilamente sobre o fundo. Se o rio é muito largo, nada semi-imerso, enchendo os pulmões e os intestinos de ar, deixando apenas o focinho fora da água. Mas essa espécie não é originária da América Central, Tio?

— É sim, James. Porém, como diz o Max, temos uma mistura muito boa por aqui. Olhem para cima, meninos. Conseguem ver alguma coisa?

— O céu e o Sol, Tio — responderam.

— Continuem olhando à meia altura e terão uma surpresa.

Tio Aldo apanhou de dentro de uma sacola um sinalizador, daqueles que se usa em embarcações marítimas, e apontando para uma capoeira que ficava há uns setenta metros, disparou. Uma nuvem de pássaros cobriu o céu. O espanto foi geral. Nunca havíamos visto coisa igual. Eram centenas, talvez milhares de pássaros que batiam em retirada, povoando aquele céu azul. Um barulho ensurdecedor de cantos e bater de asas.

— Nossa! — exclamou Duda. — E parecia que estávamos sozinhos no meio do pasto.

— A natureza é viva, minha filha. Viva! — contemplou Helena.

— Para onde vão, Tio? — indaguei ainda surpreso.

— Sobrevoam a região e depois voltam para seus ninhos.

— Vamos em frente, pessoal, temos ainda muito que ver por aí! — gritou Max, fazendo com que todos retomássemos nossos lugares na carroça.

Enquanto seguíamos em direção ao pombal, preocupado com o amigo, James olhava o tempo todo para trás, tentando vê-lo. Lembrou-se então das folhas de girassol que apanhara na noite anterior e de tudo que ouvira sobre a fazenda. Precisava dar um jeito de saber o que estava acontecendo no celeiro dos animais e ter uma conversa muito franca com Nino. Teria que esperar, porém não poderia ser por muito tempo.

O CICLO DA VIDA

Vera estava sentada na poltrona alojada no canto do quarto de Clara, quando Nino irrompeu-se porta a dentro com o ramalhete de flores nas mãos. Quando avistou Vera, ficou vermelho de vergonha e ameaçou voltar.

— Nino! Que bom vê-lo ainda por aqui. Veio visitar a nossa Clarinha?

Gaguejando por ter sido pego de surpresa, o menino tentou se explicar.

— Bem! Eu queria saber como ela estava e aproveitei para trazer umas flores do campo para enfeitar o quarto.

— São lindas! — exclamou a menina, deixando transparecer toda doçura e meiguice que brotavam em suas palavras e em seu olhar.

— Muito obrigada, Nino. Foi muito gentil da sua parte se preocupar com nossa amiguinha.

— Eu já vou indo. Preciso alcançar o pessoal.

Despedindo-se, Nino saiu rapidamente, evitando o olhar de Vera, tentando ocultar o que seu semblante acabara de demonstrar.

— Que bom que vocês ficaram amigos, Clara. O Nino é um garoto muito sincero e dedicado. Suas amizades são pra valer. É aquele tipo de amigo para todas as horas, entende?

Clara balançou a cabeça, confirmando a pergunta. Ajeitou-se na cama de modo que Vera não pudesse ver seu rosto e, em silêncio, chorou. Não demorou para que a professora percebesse o que estava acontecendo e, levantando-se da poltrona, foi se sentar na beira da cama. Abraçou-a e carinhosamente beijou-lhe a face, permanecendo assim por um longo tempo. Percebendo o quanto era amada, Clara tomou coragem e abriu seu coração:

— Sabe, Vera. Perdi meu pai quando ainda tinha dois anos. Lembro-me dele somente por meio das fotografias e dos filmes que vejo constantemente em minha casa. Minha mãe nunca se casou de novo e procura manter em nós a memória viva dele. Sinto muito a sua falta, principalmente quando acontece alguma coisa que sei que ele gostaria de presenciar. Minha mãe me contou certa vez que ele dizia que quando eu me tornasse mocinha, ele compraria meu primeiro absorvente. Estava pensando nele e me sentindo muito sozinha, até você chegar. A sua presença está sendo muito importante para mim.

— Obrigada, querida. Você também é muito importante para mim. Estou muito feliz por ter ficado contigo.

— Sabe, estou sentindo umas coisas diferentes em mim. Às vezes, quando estou sozinha, sinto um aperto no coração, uma vontade de chorar. Agora, por exemplo, não consigo deixar de pensar no Nino. Gosto muito dele, mas sinto como se fosse um medo dentro de mim, afinal, nos conhecemos ainda ontem.

— Oh! Querida. Não fique triste. Você está bastante sensível neste momento. Este é um estado natural na sua idade. Tudo indica que vocês estão se gostando, se apaixonando. Foi tão lindo vê-lo trazendo-lhe flores. Dê tempo ao tempo. As coisas vão se acomodando em seus verdadeiros lugares e o que tiver de ser, será.

"Imagine que a vida seja um grande mosaico, composto por centenas, milhares de pedrinhas. Cada uma com sua forma, sua cor, seu jeito. Essas pedrinhas são suas ações, seus sentimentos, seus momentos de vida. Embora a forma e a cor possam ser modificadas, de acordo com o lugar onde você as coloque em seu mosaico, só o tempo pode fazer as mudanças necessárias para que o encaixe, numa nova posição, seja perfeito.

Muitas vezes, inexperientes e desajeitados, deixamos cair algumas pedrinhas pelo caminho. O espaço vazio criado no mosaico da nossa vida precisa de alguma forma ser preenchido. O tempo desloca todas as pedrinhas restantes em nosso mosaico, de modo a se encaixarem o melhor possível para preencher aquele espaço deixado pela pedrinha perdida. Não obstante, devemos ter uma só certeza em nosso coração: uma vez perdida ou deslocada uma só pedrinha no mosaico da nossa existência, todas as outras se movimentarão para que o mosaico, de alguma forma, se complete.

Deixe-me dizer uma coisa que muita gente na sua idade acha muito careta e até ultrapassado: cada coisa em nossa vida tem seu tempo e seu lugar. Quando antecipamos viver qualquer momento, deixamos de viver outro, quem sabe, ainda melhor. Se nos projetamos à frente, com volúpia, amadurecemos cedo demais. É como um fruto apanhado antes da hora e colocado em uma estufa para antecipar o amadurecimento. Esse fruto jamais terá o mesmo sabor daquele que amadurece a seu tempo e podemos apanhá-lo diretamente na árvore que o gerou. Você está iniciando o seu amadurecimento agora. Ame intensamente este momento. O momento presente é o único que nos pertence. O que passou há um segundo, já é passado, não nos pertence mais. O segundo seguinte é futuro, é impossível vivê-lo verdadeiramente no agora. Somos sementes do agora. Germinar cedo demais fará com que nossos frutos percam essência e sabor. Tarde demais, estaremos vulneráveis às pragas e às intempéries do tempo. Para que uma fruta seja saudável e saborosa, devemos semear em terra preparada e fértil, podá-la na hora certa e do jeito certo, acompanhar atentamente seu desenvolvimento e esperar. Para tudo há seu tempo, minha querida. Para tudo há seu tempo. Não tenha medo de abrir seu coração, porém tenha muito cuidado na escolha da pessoa em quem vai confiar a guarda dos seus sentimentos. Tenho certeza de que saberá o momento certo para cada coisa em sua vida. É preciso que deixemos livres todas as coisas que amamos; só assim saberemos se elas realmente nos pertencem ou não. A liberdade não deve ser confundida com libertinagem ou qualquer outro sentimento que não traga em si o respeito e a responsabilidade por aquilo que amamos. Faz-se necessário estabelecer alguns limites, pois a liberdade só faz com que sejamos nós mesmos se jamais invadirmos a privacidade do outro".

Enquanto Vera falava, acariciava os cabelos de Clara, que a ouvia com os sentimentos à flor da pele e os olhos umedecidos pela emoção. Não entendia ainda o porquê, porém seu peito respirava aliviado e a paz renascia em seu semblante.

— Agora, procure descansar um pouco, minha querida. Preciso dar uma saidinha e já volto, está bem?

Sinalizando positivamente com a cabeça, Clara acomodou-se sob os lençóis e lentamente adormeceu.

UM DESCUIDO FATAL

Nino arreou Bravo, um cavalo Quarto de Milha que seu pai sempre usava nas pequenas cavalgadas pela fazenda. Max tinha essa preferência devido ao forte arranque e à velocidade que o animal empreendia, em pequenas distâncias. Preparava-se para montá-lo quando foi abordado por Aquiles, que saíra às pressas do celeiro dos animais.

— Nino, que bom que ainda está por aqui!

— Que foi, Aquiles? Aconteceu alguma coisa?

— Vai direto ter com seu pai. Peça a ele para vir rapidamente aqui, precisamos da ajuda dele com os animais. Parece-me uma pequena virose. Não sabemos ao certo. Assuma a direção da carroça e após a visita ao pombal, leve o pessoal para conhecer a colônia e fiquem por lá até receber uma segunda ordem, entendeu?

— Sim, mas o que está acontecendo?

— Nada que não possamos resolver. Fique tranquilo, não é nada alarmante. Haja discretamente para manter a tranquilidade do grupo e tudo vai dar certo. Agora vá!

Nino saiu a galope. Embora empunhasse pouca idade e uma aparência franzina, era portador de habilidades capazes de fazer inveja a muita gente. Mal arrancou com o Baio, ouviu-se o pio de Guiga, que lançou-se no ar, em voo rasante, para acompanhar o amigo. Percebendo sua presença, o menino, ainda a galope, soltou as rédeas e, equilibrando-se, abriu os braços, imitando o voo.

Da varanda, Vera acompanhava de longe toda aquela agitação que acabou mexendo com seus ânimos. Tentava inutilmente entender toda aquela movimentação, sem perder o autocontrole, sua marca registrada.

— Aquiles! — gritou. — O que está acontecendo, filho? Por que o Nino saiu a galope desse jeito?

Aquiles não respondeu. Dirigiu-se imediatamente ao galpão onde o Doutor Gomes examinava os animais. Sem pensar, Vera antecipou-se ao garoto e foi ter com o marido.

Na entrada do galpão, Thor dormia feito criança. O silêncio chamou-lhe a atenção.

— O que está acontecendo por aqui, meu Deus?!

— Ainda não sei, querida. São quase vinte animais com os mesmos sintomas. Parece que estão intoxicados. Já pedi ajuda para o Max. Os colonos disseram que não houve nenhuma mudança na silagem das rações e nem nos suplementos alimentares. A água parece estar em bom estado. Realmente não sei o que pode estar acontecendo.

— E o Thor?

— Ainda está sob o efeito do antídoto.

— Já o examinou?

— Sim! Parece ser o único que ainda não apresentou os sintomas de intoxicação.

— Talvez seja porque ainda não se alimentou!

— Então só pode ser a ração.

Tudo era muito confuso naquele momento. Toda a ração dos animais era cuidadosamente preparada no momento de alimentá-los, exatamente para precaver intoxicações. A trituração e a silagem passavam por um rigoroso controle enquanto que os complementos alimentares passavam por vigilância especializada constantemente e eram autorizados pessoalmente pelo Doutor Gomes, que embora residisse em Esperança, fazia questão de executar exemplarmente seu trabalho. A água vinha direto da fonte, canalizada para dentro do celeiro. A higienização era impecável.

— Não teremos soro suficiente para todos os animais, caso se confirme a intoxicação, o que é mais provável. Suspenda todas as rações e façam com que tomem bastante líquido, mesmo que precise dar em mamadeiras. Bastante líquido. Usem a proporção de um terço de soro para cada parte de água. Lavem-se cada vez que forem cuidar de um animal diferente e usem luvas e aventais de proteção. Vou ao laboratório fazer algumas análises.

Aproximando-se de Vera, Gomes dá-lhe algumas ordens expressas:

— Querida, aguarde a chegada do Max e peça para me avisar. Não deixe nenhuma pessoa ou animal entrar ou sair deste galpão até a minha volta. Devo demorar algumas horas até obter o resultado das primeiras análises. Coloquem as máscaras de proteção e mantenham a calma. Não bebam nada ou comam aqui dentro. Caso precisem fazê-lo, lavem-se bem e o façam longe daqui, entendido?

— Claro, querido! Faça como precisar ser feito. Manteremos o controle por aqui. Por favor, peça à Branca para dar uma olhadinha de vez em quando na menina Clara por mim. Ela está precisando de um pouco mais de atenção e afeto.

Gomes deixou o galpão, deu o recado à Branca e foi direto ao laboratório. Providenciou todas as assepsias necessárias e iniciou as análises nas amostras de ração, água e suco gástrico retirado dos animais. Nervoso com a possibilidade de perder alguns animais, pensava nas probabilidades de escolha, caso precisasse fazê-lo. A praticidade era uma das virtudes necessárias em sua profissão, embora muitas vezes incompreendida pela maioria das pessoas. Era uma corrida contra o tempo, e precisava vencê-lo. Não poderia colocar em risco a vida daqueles animais, tampouco das pessoas que tanto os amavam e se dedicavam diariamente aos seus cuidados. O tempo era tudo. Queria parar o ponteiro do relógio e só permitir seu movimento quando já pudesse devolver a tranquilidade e a segurança àquele lugar. Um pensamento saltou-lhe aos olhos: teria chegado na hora certa? Haveria tempo suficiente para descobrir o que estava acontecendo? Conseguiria salvá-los?

Sentia-se pequeno perante o tempo. Como poderia acrescentar um segundo apenas na vida daqueles animais? Um único segundo poderia ser a distância entre a vida e a morte: um peso enorme para se carregar. Sabia, porém, que precisava antecipar-se a cada instante aos seus conhecimentos, conceitos e crenças, mesmo que necessitasse abortá-los ou abandoná-los, na esperança de sequer salvar um só animal. Pôs-se de joelhos. Fez o sinal da cruz e dirigindo-se ao Pai, orou:

— Que seja feita a Sua Vontade. Eis-me aqui, Senhor!

O POMBAL

O pombal ficava a cerca de seis quilômetros ao norte da sede da fazenda. Ao contrário do que se possa imaginar, não era um lugar com paredes, grades ou gaiolas. Era composto por uma imensa e centenária árvore que ficava no meio do pasto, rodeada por outras centenas, de espécies diferentes, porém menores. Uma ilha verde de vida, colorida pela natureza com um arco-íris de penas e plumas. A copa mais alta da árvore central media bem acima de trinta e oito metros e tinha o formato de um grande cogumelo. Duas outras copas, menores e mais baixas, erguiam-se de uma forquilha há uns vinte, vinte e cinco metros do chão. As árvores que a circundavam não passavam de dezoito metros de altura e deixavam surgir em seus ramos vagens e frutos que as aves devoravam pacientemente. Podíamos ver ao longe aquele pequeno ecossistema erguendo-se rumo ao céu, exalando um perfume suave e contínuo.

À medida que nos aproximávamos, ouvíamos a sinfonia do cantar indecifrável das centenas de espécies de pássaros que ali se aninhavam. Ninhos e mais ninhos pareciam estar pendurados no nada, como uma imensa e irreal árvore de Natal enfeitada com bolas escuras, suspensas por fios invisíveis. Redondos, compridos, pequenos e grandes. Ninhos de todos os formatos, repletos de ovos e filhotes, numa ritmia de bicos que, em seu abrir e fechar, traduziam vida. Um composto de canto e choro de inigualável beleza que se espalhava pelo azul e era ouvido ao longe.

Paramos há cerca de uns noventa metros do pombal e logo avistamos um grupo de pessoas à sombra de eucaliptos que serviam de cerca para o pasto.

Era a professora Noemi que, reunindo um grupo de crianças da colônia, passeavam pela fazenda relatando as espécies de aves encontradas, como se estivessem em plena aula de ciências.

Ao avistar a carroça, Noemi e as crianças acenavam freneticamente e Max resolveu parar.

— Vamos descer aqui, pessoal.

— Está muito longe, Max! Não conseguimos distinguir os pássaros, ver o colorido das penas, tampouco decifrar o canto.

— Sim, querida Duda. Porém não podemos nos aproximar demais. Corremos o risco de sermos atacados por mães aflitas, em defesa de seus filhotes.

Descemos todos da carroça com os olhos voltados para o alto, encantados pelo voo ininterrupto dos pássaros que chegavam e saíam a todo instante do pombal. Helena foi ao encontro de Noemi, que imediatamente promoveu o entrosamento da garotada.

O cortejo não programado foi uma festa. Mais uma vez, alunos da pequena escola rural tinham a oportunidade de trocar experiências com garotos da cidade que pouco conheciam da vida no campo. Era um vai e vem de curiosidades e conhecimentos que se completavam e transformavam nossos relacionamentos. Entre os que lá estavam, destacava-se Fernando, um garoto de dezesseis anos apaixonado por pássaros silvestres. Esperto e educado, vivia na colônia com a mãe e dois irmãos mais velhos, visto que seu pai havia falecido há dois anos, vítima de um acidente com um avião monomotor nas encostas da montanha proibida. Fato este relatado posteriormente aos novos colegas. Fernando, conhecido como *Nando dos passarinhos*, era um exímio imitador do canto de dezenas de pássaros encontrados na fazenda Paraíso. Requisitado nas festas e comemorações, Nando vivia à sombra das árvores, buscando aumentar seu repertório e afinar a performance das suas imitações. Com passe livre, circulava pelas matas da fazenda à procura de novas espécies de aves. Sempre que as descobria, iniciava uma longa aventura de pesquisas sobre a vida e os costumes daquele animal para poder descobrir seus ninhos e acompanhar os movimentos e os cantos, a fim de imitá-los. Vivendo nessa constante aventura, *Nando dos passarinhos*, com apenas dezesseis anos, havia se transformado numa lenda viva ao se referir às aves do local.

Conhecido por toda a região não perdia uma oportunidade de demonstrar seus dons e conhecimentos que, aliados à sua simpatia e préstimos, encantava a todos. Buscando relacionar-se com o grupo que acabara de conhecer, colocou-se à disposição de Max para auxiliar na preparação do ambiente, visto que já havia feito o mesmo em ocasiões passadas.

Gentilmente, Max abriu o compartimento do banco traseiro da carroça e deixou que Nando retirasse a caixa enfeitada com papel de presente e a colocasse aos pés do Tio Aldo, que o agradeceu com um sorriso nos olhos. Tia Nena, acompanhada de Noemi, aproximando-se da carroça apanhou algumas toalhas do baú e estendeu-as à sombra, convidando-nos para sentar, de modo a ficarmos de frente para o pombal.

— É muito lindo! — exclamou Beto. — Pena que não podemos nos aproximar mais.

— Fique tranquilo, garoto — intercedeu calmamente Aldo, que, abrindo a caixa, retirou vários binóculos de longo alcance e entregou-nos.

— Nossa! Que ideia genial, Tio! Muito bacana. Agora vai ser moleza acompanhar o voo da passarada. Vamos ver tudo. Tudinho, mesmo!

Todos corremos em direção aos binóculos e, encantados com a novidade, olhávamos estupefatos cada ave que sobrevoava o pombal, eufóricos com tanta beleza. Era como se pudéssemos abraçar a natureza e sentir seu calor dentro da nossa alma. Olhar cada detalhe, cada cor, cada nuance daquelas penas coloridas que brilhavam ao Sol. Como pássaros, nossas almas voavam e uma paz infinita invadiu-nos.

UM ECOSSISTEMA ÚNICO

Estávamos vivenciando um momento único em nossas histórias. Tínhamos a impressão de que se retornássemos àquele lugar na manhã seguinte, tudo seria diferente. Precisávamos saborear intensamente o agora, como se fosse o último instante das nossas vidas, onde estava depositado todo o néctar da nossa juventude que começava a desabrochar. James olhava tudo com muito cuidado. Cada espécie da flora ou da fauna lhe era importante. Cada folha, cada flor, era motivo para horas e horas de estudos posteriores, quando comparava os arquivos mentais fotografados por seus olhos astutos com dezenas de livros empilhados sobre sua mesa de estudos, em Esperança. O saber lhe assaltava e aguçava ainda mais suas expectativas:

— Tio Aldo, afinal, que árvores são estas que compõem esta ilha no meio do pasto?

— Não são árvores comuns, meu caro James. Posso dizer que estas são algumas das maravilhas com as quais me ocupo e das quais sinto orgulho nesta fazenda. Uma verdadeira obra-prima da natureza, modificada geneticamente pelo ser humano. Não se encontra uma espécie desta em nenhum lugar no mundo. São únicas.

— Únicas? Estão em extinção?

— Poderia dizer que sim, embora tenhamos algumas sementes modificadas em laboratório, prestes a serem plantadas. A árvore maior, aquela que fica no centro da ilha, é um angico. É a mais alta e mais antiga da fazenda. É a única entre as que formam a ilha que é nativa, porém com características que a difere de todas as outras da sua espécie. Acredita-se ser uma árvore mística, predeterminada a cumprir uma missão de amor aqui na Terra. Tem centenas e centenas de anos e mais de trinta e cinco metros de altura. O angico normal tem o tronco curto, com um diâmetro de no máximo oitenta centímetros, embora cresça mais de vinte metros. Esta, como se vê, tem um caule alongado e grosso, e as copas mais baixas se formam acima dos dezoito metros. Porém o maior segredo não é a árvore em si, mas suas folhas e flores. É uma planta decídua — que mantém suas folhas durante as estações do ano — e suas flores parecem um arranjo de mesa, daqueles que se compra em floricultura. Muito bonito. Floresce em setembro, com a primavera, e exala um perfume suave, porém duradouro. Esse perfume impregnado nas folhas atrai as mais diferentes espécies de pássaros, o ano todo. Ela funciona como um catalisador de aves.

"A parte ruim é que ao contrário do Angico normal que geralmente é polinizado pelas abelhas, este, embora consiga florir e ter um perfume formidável, é estéril. Devido a isso, é único. Não produz o fruto, que originalmente é uma vagem que comporta de seis a doze sementes. Perdeu também um grande percentual de tanino, uma substância de cor vermelha que extraída da casca era muito utilizado para curtir o couro dos animais que abatíamos periodicamente na fazenda".

— Mas, Tio Aldo, e os frutos que os passarinhos estão comendo?

— Não são da mesma árvore, caro Ronaldo. As árvores com frutos verdes, parecendo um abacate, na verdade são pés de pequi, geneticamente modificados em laboratório. Esses frutos, ao contrário dos naturais, não têm espinhos e chegam a medir mais de vinte centímetros de diâmetro. Sua massa é bastante carnuda e possui a maior concentração de vitamina A que já se ouviu falar. Além dos pratos típicos e doces, o pequizeiro é considerado naturalmente como uma espécie medicinal, sendo utilizado como expectorante e até cremes para a pele. Suas flores surgem na época das chuvas. Estas, porém, afloram oito meses por ano, servindo de alimento para pássaros, insetos e animais silvestres.

— E aquelas vagens? Parecem mais uns pepinos japoneses!

— É ingá, querida Duda.

— Ingá! Daquele tamanho?

— Digamos que é um tipo de ingá-gigante. O ingá normalmente nasce à beira-rio. Este, porém, além de proliferar em terreno mais seco, retém água em suas vagens, assim como os cactos no deserto. Além da polpa muito suculenta, chegam a armazenar quase vinte mililitros de água em cada vagem. Não possuem sementes. Portanto, são infecundos.

— Não consigo entender, Tio! São infecundos e produzem frutos?

— Digamos que são espécies que não conseguiram completar seu ciclo de vida. O angico, espécie que serviu de inspiração para as transformações genéticas feitas em laboratório, parece ter sofrido uma enxertia seguida de um semiaborto. Ou seja, duas espécies foram juntadas em um só caule por intermédio de uma incisão profunda, em que parte desse material não se regenerou provocando a perda de algumas das suas características naturais. Mudou o formato original da árvore, e não consegue dar o fruto, ficando totalmente estéril. O ingá, por sua vez, foi modificado no que toca ao tipo do fruto: ficou maior, ganhou massa, porém não consegue ir mais além.

— Nem mesmo se tirássemos mudas dos pés? — indagou Ronaldo, completando: — Meu pai fazia muito isso!

— Já tentamos de tudo. Elas não se desenvolvem. Morrem em menos de quarenta e oito horas. As mudanças genéticas foram profundas e irreversíveis. A natureza nos cobra cada passo que damos. Temos que ter bem claro em nossa consciência que tudo tem seu preço. O defensivo agrícola que você usa para matar a praga no campo é o mesmo que gera o câncer no ser humano. Fazemos constantemente um turbilhão de experiências em todos os aspectos da natureza, e passamos a utilizar o fruto dessas experiências acreditando ser uma grande descoberta. No futuro, descobrimos que algo saiu errado e aquilo que pensamos ser uma grande evolução, na realidade, interferiu negativamente em algum aspecto da natureza e pagamos muito caro por isso. Tudo não passa de vaidade das vaidades. O Doutor Otto colaborou muito para que esta fazenda chegasse onde chegou. Meus pais e meu irmão trabalharam duro aqui, por muitos anos. Defenderam esta terra como se fosse a própria alma. Viveram e morreram por ela. Acreditaram piamente que tudo que estavam fazendo era o melhor para o futuro desse pequeno ecossistema. Tudo que sabemos sobre esse lugar, sua fauna e sua flora, faz parte de um aprendizado místico e científico que caminha de geração em geração. Chego a pensar que devemos discutir e debater intensamente qual seria a melhor proposta para nosso futuro: se devemos nos preocupar e ocupar com que tipo de planeta devemos deixar como legado para nossos filhos, ou que tipo de filhos devemos deixar para o futuro do nosso planeta. Acredito, meu caro James, que se respondermos com verdade a esse questionamento, vamos melhorar em muito o lugar onde vivemos.

UMA LIÇÃO DE VIDA

Noemi conhecia bem aquele lugar. Passava horas com seus alunos embaixo daquelas árvores durante as aulas de ciências. Gostava de sentir a reação de cada um, quando o contato com a natureza fazia brotar momentos de reflexão e crescimento. Como educadora, queria ver seus alunos todos os dias com olhos novos. Nada que haviam feito ontem deveria interferir na experiência do hoje, do agora. Cada dia era uma nova etapa a ser vencida e a luta cotidiana deveria ser justa para todos, independente de condições familiares, escolhas pessoais ou até mesmo psíquicas. Todos eram iguais e poderiam acreditar nisso, se pudesse exemplificar-lhes suas crenças com a sua própria vida.

Por um instante, perdi-me em pensamentos e a segui com os olhos.

Aproximando-se de Humberto — que pelos braços de Akira e Marcos havia sido alojado em sua cadeira de rodas —, Noemi abraçou-o e deixou fluir um belo sorriso em seus lábios.

— Já havia presenciado algo tão belo, meu rapaz?

— Nunca, professora. É realmente uma visão ímpar da natureza. Como pode tantos pássaros, de espécies diferentes, habitarem tão harmoniosamente o mesmo espaço?

— Fomos feitos assim, sabia?

— Não entendi, professora! Assim como?

— Estou falando de Deus, meu querido. Do momento da criação. Da natureza, desde os primeiros tempos. Deus pensou para o homem a mesma harmonia e a mesma beleza dispensada ao resto da criação. Fomos criados para viver em harmonia, com respeito e graça. Sempre que venho aqui, vejo o quanto nós, os humanos, nos distanciamos da vontade de Deus. Pegue o binóculo e repare nas árvores mais baixas, como os pássaros se alimentam: do fruto da própria árvore onde habitam, de pequenos insetos e larvas. A natureza se encarrega de alimentá-los. Não se preocupam com o dia de amanhã. Vivem intensamente o hoje, o agora. Saltam das mais tenras alturas e lançam-se no nada, confiantes na natureza que os ampara e mantém no ar, como se mãos invisíveis os pudessem sustentar em seu voo. São livres em si mesmas, capazes de migrar de um canto ao outro do planeta, sem muros nem fronteiras. Sem medo das tempestades que possam advir. Sem planejar o futuro, ou prender-se ao passado. Livres em si mesmas, como o vento é livre. Livres como o Sol, que derrama seus raios em todas as direções e compartilha seu exuberante calor. Como a chuva que cai, para gregos e troianos, negros e brancos, bons e maus. É assim a natureza, querido Beto. Livre em si mesma, para poder proporcionar a cada ser vivente deste planeta a mesma liberdade, pensada e criada por Deus.

— E o que é ser livre em si mesmo, professora?

— Livre em si mesmo, querido, é conhecer suas limitações e não se prender a elas. Como os pássaros: não importa quantos quilômetros têm que voar para migrar da América do Norte ao Brasil, por exemplo. O que importa é ter asas para voar!

— E quando não se tem asas?

— Voa-se com a imaginação e o sentimento. É como um ser humano com deficiência visual, que nunca viu o Sol: sente o calor dos seus raios, acredita que ele existe, e é capaz de imaginá-lo perfeitamente. É olhar nossas deficiências não como barreiras para a vida, porém como forma de buscar um novo caminho para um jeito diferente de ser.

"É isso que vejo em você, querido. A sua vontade de viver vai além da paralisia que o colocou nesta cadeira de rodas. Portanto o vejo alegre, altivo e feliz. Livre em si mesmo. Livre para ser você, assim como é. Livre para tomar o caminho que escolher; como um pássaro, que ao alçar voo, acredita que pode chegar ao seu destino".

Ouvindo as palavras de Noemi, Tia Nena aproximou-se e, abraçando-a, interpelou:

— Vejo que ganhaste uma fã!

Emocionado, Beto sorriu e meio sem jeito direcionou o binóculo para os olhos de Noemi, e exclamou:

— Uma fã muito especial e muito bonita, Tia Nena!

— E muito querida! — completou Fernando, tomando parte da conversa.

Aproveitando-se do momento, Noemi apresentou-o particularmente a cada um e pediu que imitasse alguns passarinhos. Astuto, Nando não perdeu a oportunidade de compartilhar seus dons, iniciando uma brincadeira muito gostosa e divertida que motivou a participação da turma toda: a cada pássaro imitado, fazia com que os localizássemos nas árvores do pombal e os descrevêssemos. Assim, passou grande parte do tempo sendo o alvo das atenções, instruindo e divertindo o grupo. James, percebendo o quanto Nando era peça importante naquele ambiente e o quanto conhecia os recantos do lugar, por ter acesso livre às matas e à fauna local, resolveu criar um vínculo maior com o garoto, na esperança de ser ajudado nas investigações sobre o Alado e os últimos acontecimentos da fazenda. E o melhor jeito de fazer isso seria valorizando seus conhecimentos para atingir seu ego.

— Nando, além de imitar tantos pássaros, você conhece os costumes de cada um?

— Nem todos, James. Conheço alguns superficialmente e outros mais a fundo. O que faço de diferente é interessar-me por eles. Aqui na fazenda, embora tenha uma grande facilidade em estar com eles durante o dia todo, falta-me condições de estudá-los com mais profundidade, pesquisar seus hábitos e costumes, e até mesmo seu habitat natural. Os livros na biblioteca da escola são poucos e não temos internet. O que sei, aprendi observando-os e lendo artigos nas revistas especializadas que trago quando vou à cidade, mas principalmente cópias de pesquisas interessantíssimas feitas pelo Doutor Otto que o Doutor Gomes me empresta de vez em quando. As pessoas exageram muito quando me chamam de especialista ou doutor dos passarinhos. Eu gosto do verde, dos animais, da natureza. E em especial dos pássaros. Eu me interesso, só isso.

— Você conhece a Guiga? — perguntou Eduarda.

— A Águia do Nino? Todos por aqui a conhecem. À distância, é claro! Ela só se aproxima quando o Nino está por perto. Sem ele, torna-se arisca e muitas vezes ataca a gente se perceber que o garoto corre perigo. Tenho uma história muito interessante sobre as águias, querem ouvir?

— Podemos formar uma roda para que todos possam participar? — sugeriu Tia Nena.

— Claro! Fica bem melhor. Prestem bastante atenção, que é muito legal.

UMA PROPOSTA DA NATUREZA

Esquecemo-nos por um momento do pombal. O ruído incessante dos pássaros passou a ser um mero fundo musical, quase imperceptível, devido à atenção que dispensávamos à história que Nando passou a narrar:

— As águias são aves de rapina. Exímias caçadoras, agarram e arrancam seus alimentos da natureza com grande voracidade. Possuem garras bastante afiadas e um bico curvo-alongado muito forte, com o qual estraçalham suas presas. A velocidade normal de voo é de aproximadamente trinta milhas por hora. Porém algumas espécies chegam próximo de duzentas milhas por hora, em voo de mergulho. A envergadura, de ponta a ponta das asas, chega em alguns casos a ser superior a dois metros. Possuem uma acuidade visual fantástica. São carnívoras e se alimentam de pequenos animais, caçados frequentemente em conjunto, ou seja, enquanto uma persegue a presa, a outra, em voo rasante, captura-o com suas garras afiadas. Fazem seus ninhos próximos a precipícios ou em árvores bem altas. E infelizmente a maioria das espécies está em risco de extinção, mesmo aquelas que ao longo da história são tidas como símbolos de famílias e nações. A caça, o envenenamento por mercúrio e a destruição de seu habitat natural são as principais causas desse extermínio.

— A que espécie pertence a Guiga? — interrogou Marcos, desviando os olhos para a toalha que era estendida por Noemi, onde seria arrumada a mesa do lanche.

— É uma águia-dourada, ou águia-real, como é chamada na América do Norte, sendo símbolo nacional dos Estados Unidos. Também são encontradas na Eurásia e África do Norte.

— Nando, o Brasil também tem uma ave-símbolo?

— Conhecem a ararajuba? — respondeu Nando com uma nova pergunta, aguçando nossa curiosidade.

— Ararajuba? É algum tipo de arara com cara de leão? — brincou Eduardo, provocando gargalhadas.

— Engraçadinho! A ararajuba é um psitacídeo, da mesma família dos papagaios e periquitos. Também conhecida como guaruba, tem uma coloração verde e amarela e é uma espécie restrita ao território brasileiro, por isso foi sugerida como símbolo nacional. Alimenta-se de vários tipos de sementes de frutos, embora tenha a predileção por cocos do açaí. Utiliza o bico para subir nos ramos e segura a comida com as patas. Corre também o risco de extinção devido às penas coloridas serem usadas em ornamentos e por ser facilmente domesticável. Inclusive, imita a voz humana.

— É um papagaio falsificado! — gritou Eduardo, promovendo novas gargalhadas.

— Brasileiríssimo! — posicionou-se Humberto em defesa do animal. — Devemos preservá-las, criando uma nova consciência ecológica entre os alunos do colégio. Precisamos pensar em alguma coisa. Ou melhor: fazer alguma coisa!

— Posso dar uma sugestão?

— Deve, Akira! Toda ideia é muito bem-vinda.

— Poderíamos batizar nossa turma como "os Guaruba." Assim, chamaríamos a atenção sobre o nome e abriríamos um canal para trabalharmos em benefício da preservação da espécie. O que vocês acham da ideia?

Akira foi aclamado, entre gritos e assovios. Abraçado, aplaudido e bajulado por todos, acanhou-se. Um amarelado intenso tomou conta de sua pele, dando a impressão de que ia desmaiar. Tímido, principalmente devido à presença de Nando e Noemi, Akira deu o assunto como encerrado, propondo debatê-lo melhor em outra ocasião. Como resposta, unimo-nos em novos gritos:

— Guaruba! Guaruba! Guaruba!

Retomando a palavra, Nando impôs um tom mais alto e aos poucos, abrandou-o, fazendo-se ouvir.

— Lembram-se da águia? Voamos longe, não, pessoal? Voltemos então à história: tendo uma estimativa geral de vida entre sessenta e setenta anos, a águia possui a maior longevidade da espécie. Porém, para chegar a essa idade, passa por uma dolorida transformação. Quando chega por volta dos quarenta anos, suas unhas compridas perdem a rigidez e ficam flexíveis. O bico curva-se por demais, e as penas, envelhecidas, vão se tornando grossas e pesadas, diminuindo muito sua capacidade de voar, impossibilitando a caça. Faz-se necessário então uma escolha: morrer ou transformar-se em uma criatura capaz de lutar novamente pela subsistência. Um processo lento e doloroso, embora eficaz, a velha águia isola-se em seu ninho, geralmente em locais rochosos, e começa a bater o bico contra a parede até conseguir arrancá-lo. Quando o novo bico se forma e parece fortalecido, utiliza-o para arrancar as unhas. Depois é a vez das velhas penas. Uma a uma são arrancadas. Um processo angustiante que dura nada menos que cento e cinquenta dias, até que tudo se renove. Então, a velha águia está pronta para alçar voo e aproveitar uma sobrevida de mais uns trinta anos, em média.

— Nossa! — exclamou Duda. — Ela realmente merece o título de durona. Só de pensar em arrancar um fio da sobrancelha já enche meus olhos de lágrimas. Imaginem arrancar as unhas!

— Não é tão ruim, minha cara — intercedeu Helena. — Muitas vezes em nossa vida passamos por processos semelhantes. Tão dolorosos quanto estes, ou ainda pior, que nos marcam profundamente. É preciso muita coragem para enfrentar o mundo e crescer com ele. É necessário renascer muitas vezes, como as águias. Livrar-se das coisas que pertencem ao passado e nos impedem de ser novas criaturas. O passado e nem mesmo o futuro devem sobrepujar-se ao presente. Não podemos nos excluir do mundo, ou das coisas que acontecem nele. Ninguém vive o tempo todo em plena felicidade, sem ter um problema sequer ou sem se deparar com os feitos terríveis da humanidade, como a guerra, a exclusão social, a depredação da natureza, as falcatruas políticas e tantas outras. Faz-se necessário, porém, ter muito claro em nossa mente que estamos no mundo, mas não precisamos ser do mundo.

— Como assim, Tia? — questionei. — Estar no mundo e não ser do mundo. Isso é possível?

— Perfeitamente possível, querido. Para fazer parte do mundo, basta estar vivo. Para ser do mundo, basta seguir a corrente e deixar-se levar pelas ondas que nascem e morrem a cada instante. No entanto, para estar no mundo e não se deixar dominar por ele, é necessário muita coragem, persistência e determinação. É ser como a águia. Alçar voo cada vez mais alto, cada vez mais veloz e preciso. Todavia, é certo preparar-se antecipadamente. Substituir os antigos hábitos, deixar de arrastar as pesadas penas, que impedem nosso voo e nos fazem velhos, na flor da idade.

— É como se fôssemos contra a corrente — completou Noemi. — Não é por que a maioria faz, que é certo fazer. Tampouco é errado o que ainda não foi feito ou o que é praticado por um número menor de pessoas. É importante redescobrir e reaprender o verdadeiro sentido das coisas. A sua verdadeira essência, o seu verdadeiro valor. Com a velocidade em que o mundo caminha, com tantas evoluções tecnológicas em tão pouco tempo, fica impossível acompanhá-lo sem que se perca muitos valores e sentimentos. Com tanta transformação em tão pouco tempo, perdemos a noção do que é certo ou errado e muitas vezes embolamos o meio de campo, como diz os homens, até mesmo sem perceber. Valorizamos muito os bens temporais, como o computador, o videogame, o tênis de marca, e nos esquecemos, na maioria das vezes, de dar calor humano ao colega que está ao nosso lado, naquele momento. Acredito ser um preço muito alto a se pagar por um produto que se modifica com tanta rapidez. Uma das coisas mais belas que aprendi com os colonos aqui da fazenda é que ainda se pode confiar nas pessoas, em suas palavras, sonhos e promessas. Procuro retribuir a todo o carinho com que sou tratada, dessa forma, criamos um círculo de relacionamento no qual o que predomina é o amor e a confiança. Quando erramos, e erramos, fica muito mais fácil recomeçar, porque confiamos uns nos outros. E isso me faz acreditar ainda mais em mim mesma, na minha capacidade de contribuir para que as mudanças aconteçam e de fazer com que o meu hoje se constitua num ponto positivo, capaz de melhorar ainda mais o meu amanhã e de toda a comunidade a que pertenço. Deixo de ser o "eu" do mundo, para sermos um "nós". As forças se multiplicam. As possibilidades se multiplicam. A caridade se multiplica. E tudo que doamos, por mais ínfimo que seja, retorna em abundância. Dons materiais e espirituais podem ser colocados em comum. Desde um simples copo d'água, um sorriso, um aperto de mão, ou até mesmo trabalharmos todo um fim de semana reformando a casa do vizinho ou a escola. Fazer por amor a vontade do outro, quando o que eu mais queria era fazer a minha própria vontade: esse é um outro dom que pode ser compartilhado diariamente, mesmo que exija de nós uma força sobrenatural. Tudo pode ser compartilhado, tudo. Até mesmo nossas orações e nossos pensamentos. Aliás, nossos pensamentos são o alimento da nossa consciência. Portanto, devemos vigiá-los constantemente.

UM DIA FORA DO COMUM

Enquanto Noemi relatava parte de sua experiência na comunidade, Max ajeitava-se à sombra, visto que o Sol esbanjava luz e calor. O céu límpido contribuía para a elevação da temperatura que se expandia rapidamente e prometia um dia de calor abundante.

Um relinchar agudo e forte quebrou a harmonia do ambiente. O trotear barulhento do animal no caminho de chão batido, acima da cerca de eucaliptos, fez-nos lembrar imediatamente a primeira noite que passamos na fazenda e a fuga do Alado. Voltamos nossos olhares na mesma direção e Nino não tardou a aparecer na curva do caminho, montado no Baio, em disparada. À frente, vinha Guiga, que imponente e impetuosa em seu voo, deu um rasante sobre nossas cabeças e foi alojar-se no alto do pé de Angico. Max, pressentindo que alguma coisa saíra errada, adiantou-se e foi ter com o filho, antes que uma atitude impensada pudesse atrapalhar o passeio. Alcançando-o ainda do outro lado da cerca, pôde ouvir da voz cansada do garoto, todas as recomendações do Doutor Gomes. Chamou o Tio Aldo e confidenciando-lhe, colocou-o à par da situação, incumbindo-o de comunicar as novas ordens à Helena e assumir o comando do grupo, enquanto que Nino ficava responsável em levar a carroça e os passageiros à colônia, assim que fosse possível. Montando o Baio, Max retornou à sede da fazenda, enquanto Tio Aldo explicava o motivo da mudança de planos, no passeio matutino:

— O Doutor Gomes precisou do Max para dar algumas vacinas nos animais enquanto ele estivesse no laboratório fazendo alguns exames de rotina. Nada sério. É só um acompanhamento rotineiro para preservar a saúde de todos. Dos animais e a nossa, não é mesmo?

— Toda profissão tem seus percalços — completou Noemi. — Admiro muito o trabalho feito pelo Doutor Gomes, aqui na fazenda e lá em Esperança, no consultório. Manter a saúde desses animais sob controle não é uma tarefa muito fácil.

— Falando em saúde, que tal um lanchinho com os quitutes feitos pela Branca?

— Ufa, Tia Nena. Pensei que esse lanche não ia sair nunca. Há horas que minha barriga está me cobrando.

— É isso aí, Marcão! Até eu que como pouco já estava sentindo falta destes quitutes.

— Todos nós sentimos, Eduardo. A verdade é que a Branca realmente tem mãos de fada. Tudo em que toca se transforma nestas guloseimas irresistíveis.

— Até você, Nando!

— De vez em quando, ao perceber que andaram rondando a casa da professora Noemi, dou um pulinho lá para ver se ela não está precisando de alguma coisa. São raras as vezes que vou embora sem saborear alguma especialidade da Dona Branca.

— Danadinho! — exclamou Noemi, aproximando-se silenciosamente, como se quisesse assustar alguém. — Então está desvendado o mistério dos bolinhos voadores. De vez em quando eles desaparecem de cima do fogão sem deixar rastros ou vestígios.

Todos riram muito, incorporando a brincadeira feita por Noemi, restaurando o clima de festa.

Sentamos bem embaixo dos eucaliptos. A mesa posta por Tia Nena, Duda e Rose retratava com detalhes as arrumações de Branca, durante os cafés na sede da fazenda. Um toque especial foi dado à mesa, com ramalhetes retirados da carroça que estacionada também à sombra completava a paisagem.

Marcos não se deu por rogado e atacou primeiro os lanches mais pesados. Todos nós o olhávamos atônitos com a voracidade que comia. Parecia um campeonato de gulodices. Mal engolia um bolinho, outros dois esperavam na ponta dos dedos. Doces e salgados se revezavam em direção à sua boca, misturando-se em multissabores. Por instantes, reinou um silêncio fúnebre, que foi quebrado pela voz de Noemi:

— Crianças, que tal uma oração antes do lanche?

— Desculpe, professora. Não aguentava mais esperar. Estava ficando nervoso de fome. Minha boca estava seca e o estômago parecia dar um nó.

— Tudo bem, Marcos. Agora vamos fazer uma oração de agradecimento e aproveitar para pedir o restabelecimento da Clarinha, para que ela possa estar conosco o mais rápido possível. A Tia Nena contou-me que ela não se sentiu bem pela manhã e que Vera ficou fazendo-lhe companhia. Rezemos então?

Unimo-nos. E de mãos dadas, oramos.

UM PASSO À FRENTE

O calor começava a incomodar-nos. Alguns dos meninos tiraram a camisa e abanavam-se. Nino mantinha-se a distância. Pegou uma vasilha, deu água aos cavalos e depois os alimentou. Sério e compenetrado, olhava o firmamento como quem esperasse por algum milagre. James aproximou-se, tentando reatar a conversa iniciada na noite anterior:

— Preocupado, Nino?

— Um pouco. O dia está ficando abafado e quente, de uma hora para outra. Não é comum por aqui, nesta época do ano. Apesar de o verão ser um tanto rigoroso, o vento constante e brando traz consigo o frescor das matas. Não há nuvens no céu desde cedo.

— E é só isso que te preocupa?

— O Alado me preocupa. A falta de notícias me preocupa, a conversa de ontem à noite no celeiro me preocupa. Porém, o pior de tudo você ainda não sabe: os animais do galpão central contraíram algum tipo de infecção ou desidratação. Não sei ao certo. O que sei é que o Aquiles e o Doutor Gomes não deram conta do problema sozinhos e mandaram chamar meu pai.

— Então é mais grave do que pensávamos. A vacina foi só uma desculpa para que não ficássemos alarmados.

— Tenho ordens para levar todos à colônia e aguardar notícias por lá.

— Aguardar notícias! O mundo está pegando fogo e vamos ficar olhando? Tenho pensado muito sobre o que ouvimos ontem à noite. Você não acha que deveríamos investigar este caso mais profundamente?

— Investigar? Como assim? Você acha que podemos resolver alguma coisa?

— Não digo resolver. Talvez possamos ajudar. Acho que tudo tem a ver com aquelas folhas de girassol. Examinei-as ontem à noite. Embora estivessem ainda verdes me pareceram um tanto desidratadas pelo pouco tempo que foram arrancadas do chão. Estavam do lado oposto ao escapamento do carro. Portanto, acredito não terem sofrido nenhum aquecimento nem contato direto com os gases emitidos pelo motor.

— Posso vê-las?

— Estão dentro da mochila, no chão da carroça.

Disfarçadamente, James pegou a mochila e, abrindo o zíper lateral, apanhou o pacote com as folhas de girassol. Ao desfazer o embrulho, teve uma surpresa: as folhas que pareciam perfeitas, agora não passavam de um amontoado de farelo desidratado. Não acreditava no que estava vendo. Lembrava-se perfeitamente de como estavam na noite anterior e de todo cuidado que tivera em guardá-las. Nem mesmo o Sol forte daquela manhã seria suficiente para transformá-las em pó. Suas pernas tremiam e seu coração disparava, enquanto mil coisas passavam pela sua mente. Trêmulo, embora lúcido, juntou forças para mostrar o que sobrou das folhas ao amigo que igualmente surpreendeu-se.

— Você queimou as folhas?

— Não! Elas simplesmente ficaram assim. Parece que aspergimos água fervente sobre as folhas, e depois de deixá-las secar ao Sol por dias, as trituramos várias vezes.

— É impressionante! Nunca vi uma coisa dessas.

— Devemos ficar em segredo. Não quero despertar o interesse de mais ninguém por este assunto até podermos coletar informações mais precisas sobre o que está acontecendo. Você sabe onde estão plantados os girassóis?

— Claro. Próximo à mata baixa.

— Poderíamos ir até lá?

— Acho melhor não! Ouvimos muito bem sobre os colonos que vigiam o lugar esperando pelo Alado. A plantação de girassol fica muito próxima ao portal da trilha proibida. Ninguém sobe aquela trilha há anos. Não se sabe o que poderíamos encontrar pela frente. Existem muitos animais naquelas matas que poderiam atacar-nos. Um bando de queixadas, um guará, uma cobra. Não podemos nos arriscar a tanto.

— Guará? Você está falando do lobo-guará?

— Estamos na Fazenda Paraíso, lembra?! Nada que possa acontecer por aqui me espanta. Nada! Embora possa me deixar bastante preocupado e louco de curiosidade.

— Precisamos ir até a plantação de girassol, Nino. Talvez se tomássemos um outro caminho, poderíamos chegar a algum ponto onde pudéssemos descobrir alguma pista do Alado ou indícios do que está acontecendo com os outros animais. Precisamos ajudar de alguma forma. Tem que haver um jeito.

Percebendo a distância que Nino e James mantinham do grupo, Nando aproximou-se e com uma certa astúcia tentou enturmá-los. Aproveitando-se da oportunidade criada, James envolveu o garoto na conversa sobre os girassóis, sem dar-lhe a entender o que acontecia, e sondando seus conhecimentos, procurou obter mais informações em prol das suas investigações.

O doutor passarinho confessou que sempre que podia passava horas embaixo de uma figueira, próximo ao paiol onde guardavam as sementes colhidas de girassol, observando os pássaros que vinham alimentar-se dos grãos que se perdiam, espalhados pelo chão. Não era a atitude ideal, mas gostava muito de bisbilhotar onde e como as coisas aconteciam na fazenda, tirando o máximo proveito de sua liberdade de acesso aos quatro cantos da propriedade. Era tudo o que James precisava ouvir. A abertura havia acontecido, agora era só uma questão de oportunidade. Esperar a hora certa de agir e fazer com que Nando colocasse ao seu dispor todo seu conhecimento do lugar e o auxiliasse nas investigações.

Um grito soou pelos ares:

— Eu vi! Eu vi!

— Viu o quê, Duda? Onde?

— Eu vi, Tia Nena! Juro que vi.

— Tenha calma, menina. Respire fundo e se acalme.

Helena apoiou Eduarda ao tronco de um eucalipto enquanto Noemi trazia-lhe um pouco de água. Corremos todos à sua volta para saber do ocorrido.

— O que foi que você viu de tão extraordinário, Duda? Qual o motivo deste barulho todo?

— Um bicho enorme, Noemi! Voando em direção à mata. O binóculo estava regulado ao máximo para que eu pudesse saber até onde era possível distinguir a imagem de um pássaro. E eu vi, eu vi. Era enorme. Tomou toda a lente do binóculo. Inteira!

— Mantenha a calma, Duda. Pode não ter sido nada disso. Nos enganamos constantemente com a natureza. Como você estava olhando muito longe, uma ave qualquer pode ter passado próximo a você e ter dado a impressão de um animal tão grande. Ou até mesmo um reflexo do Sol em alguma rocha ou coisa parecida. Ilusão de ótica, querida. É comum acontecer, não se assuste.

Em segundos, estávamos todos de binóculo na mão, olhando em direção à mata, procurando o misterioso animal. Como nada encontramos, demo-nos por vencidos e confiamos nas teorias de Noemi.

Marcos era o único que continuava a comer. Tio Aldo estava calado. Encostado no tronco de um dos eucaliptos, fumava seu cachimbo e mantinha o olhar fixo no Pombal, enquanto uma das mãos acariciava o queixo com vestígios de barba por fazer. Helena deixou cair o sorriso e de longe o observava, preocupada com sua fisionomia. Noemi, acompanhando o olhar de Aldo, tentava inutilmente adivinhar seus pensamentos. No entanto, parecia entender que a magia do passeio havia chegado ao fim.

— Temos que ir, pessoal! — gritou Nino. — O Sol está a pino. Vamos levantar a capota da carroça para nos proteger e recomendo que fiquem sempre à sombra. Iremos até a colônia e faremos algumas atividades por lá até o Sol se pôr. No fim da tarde meu pai virá buscar-nos de caminhonete. Teremos a tarde toda para passearmos pela redondeza.

Enquanto levantávamos a capota da carroça para nos proteger do Sol, Tio Aldo, Helena e Noemi recolhiam o que havia sobrado do piquenique e ajeitavam tudo no bagageiro. Nino conferia os arreios dos cavalos, quando, de repente, um dos ramalhetes de flores do campo que havia sido usado para enfeitar a mesa rolou a seus pés. Abaixou-se e carinhosamente o apanhou. Por um instante ficou estático, como se houvesse alguém à sua frente, impedindo-o de levantar-se. Cheirou-as e apertando-as contra o peito, pôs-se de pé. Caminhou em direção ao Sol e, abrindo os braços, parecia voar. Tomou nas mãos o apito feito de broto de bambu que mantinha pendurado no pescoço por uma fina tira de couro e o assoprou. Um pio irrompeu o céu. Em segundos, Guiga apoiava suas garras no braço do amigo que num só movimento lançou-a novamente no ar, em direção à colônia. Nino tomou novamente o apito nas mãos e o olhou demoradamente, apertando-o entre os dedos. Uma imagem formou-se em sua mente: o Doutor Gomes, no momento em que retirava o instrumento do pescoço da águia, encontrada quase morta aos pés da colina, e o colocava carinhosamente no seu. Era como se pudesse prever a amizade que ali se constituía, selando-a definitivamente com aquele instrumento, que misteriosamente ornamentava as plumas douradas da ave. Inúmeras vezes havia tentado inutilmente tirar o som daquele estranho instrumento, assoprando-o. Como não conseguia ouvi-lo, desistia, chegando a pensar que estivesse estragado. Constatou o engano, quando tentava fazê-lo funcionar e percebeu que ao assoprá-lo fazia com que a ave se contorcesse, ainda frágil, sob os cuidados do doutor Gomes. Com o tempo, percebia também que a agitação provocada na ave pelo som imperceptível aos ouvidos humanos, emitido pelo apito, era benéfica na recuperação do animal. Passou então a fazê-lo, suavemente, várias vezes ao dia, até que a ave restabelecida ganhou novamente o céu.

Quase em transe, Nino assustou-se quando bateram-lhe aos ombros:

— Temos que ir, querido.

— Sim, Tia Nena! — respondeu-lhe o garoto, pondo-se a caminho.

Aproximando-se silenciosamente, Roni cutucou James, que, atento aos movimentos, mantinha sua mente brilhante em constante reflexão sobre os últimos acontecimentos.

— James, como se fala menino-águia em inglês?

— Eagle Boy. Mas qual o motivo da pergunta?

— Eu estive pensando uma coisa, veja se você concorda comigo: o Nando conhece e imita o canto dos passarinhos, além de ter muito conhecimento sobre eles. Então, chamam ele de doutor passarinho. O Nino vive grudado com a Guiga e passa o tempo todo abrindo os braços imitando o voo dela. Podíamos chamá-lo então de Eagle Boy, o menino-águia! O que você acha? Não é legal?

— E por que devemos americanizar o apelido? Não seria melhor chamá-lo simplesmente de menino-águia? Tem mais a ver com ele, com a simplicidade com que ele se relaciona com a Guiga, e até mesmo por preservar sua essência.

— Concordo com você, gênio da lâmpada! Mas Eagle Boy soa mais forte, mais imponente. Dá a sensação de ser um super-herói.

— Mas ele não é super e nem herói. Ele é o Arlindo! Nino já é um apelido, não vejo razão para outro. Muito menos para um apelido americanizado. Temos que valorizar o que é nosso, meu amigo. Essa coisa de importar palavras bonitas não nos define, não define nossa essência.

— Você está certo, James. Mas que é bonito, isso é! Ouça bem: Eagle Boy — o menino-águia!

— Já ouvi, Ronaldo. Só não sei se ele gostaria de ser chamado assim. Aliás, pergunte a ele quando pudermos alcançar a carroça. Corra, cara, senão vamos ficar para trás!

Nino, percebendo que estavam distraídos, tomou as rédeas e colocou a carroça em movimento só para descontrair o pessoal que, em segundos, já estava torcendo para ver quem nos alcançava primeiro. Entre nós, o cenário era de luz e festa, enquanto que para os responsáveis pela fazenda as perspectivas pareciam cada vez mais escuras.

UMA SAUDADE NO AR

O dia já ia longe quando Clara acordou. Na cabeceira da cama, o pequeno ramalhete de flores do campo, presenteado por Nino, exalava seu perfume. A claridade invadia o ambiente, pela janela aberta por Branca, logo pela manhã. Da cozinha, o cheiro do assado misturava-se com o perfume da flor. Não demorou para que Clara percebesse que estava só. Seus olhos pintaram de azul o silêncio que reinava à sua volta e o perfume provocou-lhe os instintos. Procurava Vera, sua nova confidente. Sentou-se na cama e pensativa tentava imaginar o que acontecia fora daquelas paredes. Tomou nas mãos o pequeno ramalhete, beijou-o e o devolveu ao vaso. Levantou-se e caminhou até a janela. O sol penetrou-lhe a alma e mostrou-lhe um dia quente de domingo. Sentia-se bem melhor. A fraqueza já não lhe incomodava, embora ainda tentasse esquecer as dificuldades daquela manhã. A porta se abriu. Era Branca, que pela terceira vez vinha sondar-lhe:

— Menina Clara! Descansou, querida?

— Acho que dormi demais. Que horas são?

— Já passa das quatorze horas. Quer almoçar agora?

— A professora Vera já almoçou?

— Ninguém veio para o almoço ainda, querida. Nem parece domingo! Normalmente almoçamos ao meio-dia. Devem estar chegando.

— Os meninos voltaram do pombal?

— Ainda não. Parece-me que foram até a colônia e voltarão no fim da tarde.

Clara abaixou a cabeça e seus olhos fitaram o vazio. A saudade já se fazia presente naquele coração que descobria o primeiro amor.

— Gostaria muito de estar com eles!

Branca a abraçou e acariciou seus cabelos.

— Vai estar, querida. Vai estar! Agora se arrume e desça, vamos almoçar juntas. Depois pedirei para que alguém a leve até a colônia. Você vai adorar o passeio.

Enquanto Branca terminava os preparativos para o almoço, Clara relembrava o momento em que Nino trouxe-lhe as flores. Definitivamente estava apaixonada.

A TRAVESSIA

Alguns dos alunos de Noemi, que tinham entre quatorze e dezesseis anos, resolveram rumar para o riacho que servia como marco divisor entre o pasto e a reserva florestal, a fim de refrescarem-se. Fernando e Rafael – um de seus colegas de classe – pegaram rabeira na carroça, enquanto cedíamos parte do assento traseiro para que Noemi pudesse retornar conosco à colônia. Saímos do pasto e tomamos a estradinha de chão batido que o circundava. A capota, em courvin, que cobria toda a extensão da carroça, protegendo-nos do Sol, não nos impedia de apreciar a paisagem. De binóculo nas mãos, não perdíamos um só movimento dos pássaros que se revezavam no pombal, até nos perdermos em meio ao canavial que se abriu à nossa frente. Mais uma vez fomos surpreendidos pela beleza do lugar. O caminho cortava o canavial em linha reta. Parecia uma pintura gigantesca que se afunilava à nossa frente, contrastando a areia do caminho com o vermelho da cana e o verde de suas folhas; um paredão de quase três metros de altura que nos obrigava a olhar para o horizonte. Lembrei-me então de um velho quadro, que pendurado na parede da sala de estar da casa de meus pais, retratava "a travessia do Mar Vermelho", no momento que Moisés, levantando seu cajado, via descortinar à sua frente as águas, abrindo caminho à Terra Prometida.

Tia Nena rompeu o silêncio:

– Se estivéssemos na sede da fazenda, bastaria cortar o pasto em diagonal, como fizemos da outra vez, para chegarmos à escola e à casa da professora Noemi. A colônia fica próxima da escola. É bem perto. Daqui, porém, temos que cortar caminho pelo canavial. Caso contrário, teríamos que o circundar ou retornar dois quilômetros em direção à sede da fazenda para podermos rumar ao nosso destino.

Tio Aldo, que até então mantinha-se calado, tomou a palavra e, em alto som, dirigindo-se a todos:

— Atenção, garotos! Recomendo a todos que se ajeitem corretamente em seus lugares e segurem-se nos arcos da capota, pois faremos agora uma bela traquinagem e não queremos que ninguém se machuque. Vamos ligar os "motores auxiliares" e desprender alta velocidade. Quero que todos contem comigo: um, dois, três... e já!

Enquanto contávamos, Nino apanhou um chicote que estava sob o banco dianteiro e o fez estalar acima da cabeça dos cavalos. Imediatamente os animais desprenderam maior força, promovendo maior velocidade. Aos poucos, sentíamos o chão abaixo de nós passar cada vez mais rápido. A velocidade aumentava.

De repente, uma ondulação no caminho projetou a caravana para cima. Ao retornarmos ao chão, um calafrio provocou dezenas de gritos. A cada cinquenta ou sessenta metros, uma nova aventura. Éramos projetados para cima e para baixo, numa sequência cada vez maior, arrancando gritos de medo e alegria.

Extasiados! Este era o nosso retrato quando a carroça tomou sua velocidade normal. Todos nós segurávamos a barriga, como se sentíssemos ainda um calafrio percorrer nosso corpo. Tio Aldo ria tanto, que quase se matava. Nino compartilhava daquela alegria marota, mesmo contra a vontade de Helena, que parecia horrorizada de tanto medo. Noemi e Ronaldo ainda seguravam o varão da capota quando a carroça parou ao sair do canavial. Descemos todos — exceto Beto, que estirou-se no chão da carroça — e sentimos um tremor em nossas pernas, que mal conseguíamos suportar o peso do nosso corpo. Só então percebemos que duas criaturas corriam em nossa direção, seguindo a estrada. Eram Fernando e Rafael, que sentados na rabeira da carroça, não resistiram aos solavancos provocados pelas ondulações e resolveram pular, terminando o caminho a pé. Todos falávamos ao mesmo tempo, tentando expressar as sensações de alívio ao tocar o chão firme. Tanto foi o alvoroço, que nem ao menos percebemos a mudança de cenário: o paredão verde dava agora lugar ao infinito azul descortinado sobre um imenso e rasteiro gramado. Era como um abrir de janelas. Um descortinar, depois de passar algum tempo entre paredes. O caminho reto que cortava o canavial ganhava linhas curvas, que acompanhava os acidentes do terreno inclinado em ascendência e perdia-se na linha do horizonte. Numa pequena bifurcação em forma de "y", o caminho nos levava até uma antiga casa de madeira, em estilo alemão — construída sobre uma pequena elevação —, que impunha-se em cor azul, contrastando com o céu. À direita de quem olha, um pé de manga-rosa cobria parte da varanda que dava para a sala e generosamente a refrescava, deixando-nos ver seus frutos. Aos fundos, uma guarita protegia o poço de água potável, que ainda era utilizado normalmente, mais de oitenta anos após sua perfuração. Uma marca histórica, sem dúvida. Na varanda dos fundos, uma maria-sem-vergonha entrelaçava-se na treliça de madeira e misturava-se com os botões brancos dos brincos-de-princesa, beijados diariamente pelas dezenas de colibris que pairavam no ar, admirando cada botão da flor. Um curral, onde a ordenha era feita toda manhã, e uma cocheira onde os animais descansavam, abriam suas portas há uns cem metros da casa e estendia suas cercas no sentido do pôr do Sol, até desembocar num pequeno veio d'água, onde os animais saciavam a sede. Um pequeno celeiro, recém-restaurado, também em estilo alemão, todo decorado com madeira recortada, completava a paisagem que parecia um retrato, enquadrado, suspenso no ar.

Mais uma vez, estávamos fascinados com a descoberta. Perplexos, os olhos corriam por todos os lados. As cores, avivadas pelo Sol, inebriavam nossas almas que, em silêncio, se deixavam levar.

Os batimentos cardíacos, até então acelerados, voltavam ao normal, enquanto os pensamentos, aos poucos, embebedavam-se com a vista que nos era proporcionada.

— Que lugar é este?! — indagou o perplexo Eduardo, levando a mão à boca, completamente extasiado.

— É o marco zero da fazenda, querido — respondeu Helena. — Foi aqui que tudo começou por volta de 1919, quando a família do Tio Aldo resolveu apoitar por estas paragens.

— Impressionante, Tio Aldo. Impressionante! — exclamou James, passando a mão nas costas do velho Würth, como que agradecendo pelo espetáculo.

— É assim a vida, Mister James. Ainda hoje este lugar me rejuvenesce. Caminho por aqui de vez em quando, como se ainda fosse criança. Vi meus pais e meus irmãos levantarem esta casa. Tudo aqui ainda era floresta. À noite, muitos animais invadiam a clareira aberta na mata e nos botavam medo. Cachorros do mato, cobras e jaguatiricas eram visitas constantes no quintal da casa. Até mesmo alguns índios, por várias vezes, desembocavam na clareira atrás de alguma caça ou, tempos depois, para matar a curiosidade sobre os novos vizinhos brancos.

— Índios, Tio Aldo?! Existiam índios por aqui?

— Muitos, Humberto. Muitos mesmo. Entretanto, garotos, o Sol está muito forte e os cavalos deram uma boa corrida, agora precisamos dar água a eles. Vamos nos abrigar na varanda da casa. Enquanto o Nino e o Fernando abastecem os tanques dos animais e os colocam para descansar na cocheira, o Rafael nos ajuda a colher algumas mangas e depois vou lhes contar um pouco da nossa história. Tudo bem assim?

O sorriso estampado no semblante de cada um serviu como resposta. Beto continuou na carroça. Sentado agora no banco traseiro, estendia a mão às meninas que subiam e se alojavam para o pequeno translado até a casa. O suor escorria por sua face e se precipitava sobre a camisa já molhada. Fernando sentou-se às rédeas e sob o olhar aprovador de Helena rumou para o poço, atrás da casa. Auxiliou a descida de todos e ao lado de Nino, enquanto cuidavam dos cavalos, conversavam.

Caminhamos por alguns minutos sob o Sol até irrompermos a varanda e saborearmos o frescor da mangueira que dobrava-se sobre suas telhas. Noemi e Helena adentraram à casa pela porta dos fundos e não tardou para que a pequena moradia estivesse com suas portas e janelas abertas dando ainda mais vida ao lugar. Em seu interior, o passado resistia intacto. Era como se o tempo estivesse parado, esperando a volta daqueles que por ali passaram. Móveis rústicos, maciços, feitos à mão, com madeiras nativas retiradas daquelas matas há dezenas de anos. Uma simplicidade inebriante que saltava aos olhos.

— Mora alguém aqui, Tia Nena?

— Não, querida Duda. Mantemos o lugar em memória aos pais do Aldo. É como se fosse um "arquivo da nossa história".

— Um museu?

— Não, Marcos. Um museu, embora seja capaz de contar com detalhes uma história, não teria a tenacidade suficiente para captar a alma impressa com tanta sutileza nas coisas que aqui estão. Resgatar ou retratar uma história é uma coisa. Mantê-la viva é bem diferente. A energia deste lugar não está nos objetos ou na casa em si. Está no cuidado em manter viva a memória daqueles que construíram essa história. É como que se quando abríssemos a porta, não nos deparássemos com o interior da casa, mas sim com o interior das pessoas que aqui viveram.

— Nossa! Está tudo tão limpo e arrumadinho que realmente dá a impressão de que mora alguém aqui, que fez uma faxina, fechou a casa e foi passear.

— É quase isso, querida Rose. Todos os dias pela manhã, vem uma pessoa, abre a casa, limpa, organiza, deixa tudo arrumadinho. Fazemos aqui, sempre que possível, o café da tarde para os colonos que recolhem a cana para a ração dos animais. Nos fins de semana a casa fica aberta o dia todo para visitação. Assim como vocês que estão aqui hoje, vem gente de muito longe ouvir as histórias que temos para contar. Falando nisso, enquanto esperamos o Sol baixar um pouco, vamos preparar um lanchinho e depois vocês vão conhecer a história deste lugar.

A curiosidade tomou conta de todos. Mesmo antes que Helena pudesse mencionar mais uma só palavra, um turbilhão de ideias já nos roubava a mente.

A PRIMEIRA REUNIÃO GUARUBA

Prestativos, enquanto alguns abriam o baú da carroça em busca das sobras do café da manhã, outros auxiliavam arrumando a mesa e colhendo algumas mangas. James não se fez de rogado e foi ter com Nino e Fernando, na expectativa de levar adiante seus planos. Tio Aldo encostou-se em uma cadeira de balanço e em segundos adormeceu. Foi acordado meia hora depois quando avisaram que o lanche estava pronto. Como não almoçamos naquele dia, o apetite do Marcos parecia ainda maior. Voraz, como sempre, ao terminar o lanchinho, devorou três mangas enormes como sobremesa. Levantou-se e foi até a pia, encabeçando a vez dos homens lavarem a louça suja. Minutos depois, estávamos todos reunidos à sombra da mangueira. O astuto James tomou a palavra:

— Se morássemos aqui, com certeza esta seria a sede dos Guarubas. Quero propor que esta seja a assembleia oficial constituinte do nosso grupo. Que saia daqui a relação de nomes dos amigos que levantarão esta bandeira e que a partir deste momento honrarão e lutarão por este título e pela preservação dessa ave brasileira, tão simbólica, como foi sugerido pelo nosso querido Akira.

Pegos de surpresa com a declaração do amigo, o silêncio imperou por segundos. Entretanto, bastou um sorriso do Tio Aldo para que a aprovação fosse unânime e ruidosa. Mais que depressa uma lista começou a circular, a qual todos assinaram como membros ou testemunhas do ocorrido.

Nascia ali, oficialmente, "os Guarubas". Tomando a palavra, Tio Aldo discursou retratando a importância do projeto de preservação da espécie e acabou por estender essa preocupação a todas as raças ameaçadas de extinção.

— Tio Aldo! — exclamou Eduardo. — O senhor estava dizendo que havia muitos índios por aqui antigamente e que este lugar o fazia rejuvenescer. O senhor nasceu aqui?

— Nasci neste local, em 23 de junho de 1922. Fazia pouco mais de dois anos que meus pais haviam chegado da Alemanha. Esta casa ainda não existia. Ela começou a ser construída quando eu já tinha de quatro para cinco anos. Isso tudo era mato.

— E esta mangueira já estava aqui?

— Não, Duda. Meu pai a plantou muitos anos depois, antes de partir para o paraíso. Lembro-me como se fosse hoje. Ele já estava bastante velho, e tantos anos trabalhados de sol a sol haviam lhe deixado muitas cicatrizes pelo corpo. Tinha uma saúde de ferro, embora aparentasse ser muito mais velho que realmente era. Um certo dia ganhou de uma senhora à qual ele sempre ajudava uma cesta cheia de mangas. Repartiu-as com os filhos e depois de comer algumas resolveu plantar um caroço. Deixou-o secar por dias. Fez a cova, preparou a terra, e quando ia plantá-lo, curioso eu lhe perguntei: "Pai, o senhor acredita mesmo que um dia ainda vai comer desta fruta? Acredita que vai sobreviver à natureza desta planta que no mínimo vai demorar cinco anos para dar os primeiros frutos?". Sabe o que ele me respondeu?

— "Filho, não importa a época em que o fruto vem. É necessário primeiro que se plante. Não é importante quem comerá do fruto ou usufruirá a sombra. O que importa é o que você plantou. Um homem, meu filho, precisa ter raízes. Raízes profundas no chão, para que tenha o que comer e dar de comer aos seus filhos. Raízes na alma, para ter a quem pedir socorro nas horas difíceis e agradecer as graças recebidas. Raízes no coração, para ter a quem amar e ser digno de perdão. Raízes na família, para ter um lugar para onde voltar, depois de um dia de trabalho, ou de um século de guerra. Quem planta uma árvore pensando somente em ter um lugar onde amarrar sua rede não é digno da rede, tampouco da sombra que a árvore lhe proporciona. Antes de tudo, meu filho, é necessário preparar a terra, cuidar da semente e escolher o lugar ideal, para que a planta possa crescer forte e sadia. Só assim haverá a possibilidade de se colher bons frutos. Somos assim, meu filho, tal qual uma planta que precisa ser cuidada, regada e podada. A qualidade dos nossos frutos dependerá do tempo que estivermos dispostos a perder com eles".

Conforme Aldo falava, seu semblante parecia retratar a imagem do pai. A emoção e o respeito misturavam-se em suas expressões. Levantou-se lentamente e sorriu. Respirou o frescor da sombra e olhou para cada um com os olhos da alma, e os viu novos, e se viu novo, como se ainda tivesse doze anos.

Tia Nena o amparou carinhosamente e percebeu que a emoção, o calor e o cansaço o haviam dominado. Acompanhou-o ao interior da casa e o alojou em um dos quartos. Beijou-lhe suavemente os lábios e o viu adormecer. Retornou então ao grupo. Nós a aguardávamos em silêncio. Tomou a palavra e com a doçura de uma mãe contou-nos uma lenda, que parecia retratar a origem daquele fantástico reduto, onde a natureza moldava sua história.

A LENDA DE TARÊ E TOTÃ

Há muito, muito tempo, antes mesmo de existir qualquer vestígio desta fazenda, os índios Xerente, que se autodenominavam Akwe, habitavam esta região e viviam em paz e harmonia com a natureza. Exímios caçadores, além de formarem o ramo central das sociedades de língua Jê, exibiam, sempre que tinham oportunidade, suas habilidades a todos os membros do clã em grandiosas festas preparadas na aldeia. Os adultos pintavam seus corpos oportunamente em datas festivas ou quando era decretada guerra entre tribos rivais. As crianças, por sua vez, usavam as pinturas cotidianamente.

"Numa dessas ocasiões, após uma cerimônia que durou três dias, o grande caçador Prazâ, que em xerente quer dizer "Pé de Semente", saiu em missão de caça, junto com vários companheiros. Missão esta que tinha como objetivo capturar Haloe — uma espécie de onça com aparência humana, considerado um dos mais perigosos e temidos seres da selva. Os Haloe emitiam grunhidos horrendos e muito altos e podiam ser encontrados em bandos de até quatro seres, que atacavam simultaneamente, estraçalhando suas vítimas. Somente os pajés, quando estavam incorporados de muitos espíritos, conseguiam dominar aquelas terríveis criaturas. Prazâ precisava, porém, demonstrar que além de grande caçador, era o protegido dos deuses e o escolhido para chefiar o clã.

"Dois dias após a partida, sua companheira Mrôbdã — Esposa do Sol —, que esperava um filho seu, deu à luz inexplicavelmente a gêmeos, sendo que Turê — como eram chamados os meninos antes de receberem um nome — morrera minutos após o parto. Tarê — a menina — fora rejeitada pela tribo e excluída imediatamente dos cuidados da mãe, sendo criada ocultamente pelo pajé, com leite de onça, nos arredores da aldeia. Mrôbdã — Esposa do Sol — não resistiu e morreu de tristeza, três dias depois do parto.

Alguns dias após, quando Prazâ retornou da caçada, encontrou a esposa e o filho enterrados ao lado da palhoça. Em desespero, chorou cinco anos sobre a sepultura, até que suas lágrimas purificaram o espírito de sua amada e de seu filho, que nunca conhecera. Sem saber da verdade sobre o nascimento da menina, o grande caçador jamais empunhou arco e flecha, e onde caíram suas lágrimas, nasceu uma árvore, até então desconhecida por toda pajelança.

Na primeira Lua crescente após a sexta estação das flores, Prazâ sonhou com uma menina de mais ou menos seis anos, que tinha o rosto e os cabelos de sua amada Mrôbdã. No sonho, a Tarê tomou-o pelas mãos e levou-o à arvore que nascera ao lado da palhoça e, olhando em seus olhos, com voz suave, porém de autoridade, falou-lhe:

"— Prazâ olha e não vê. Não vê porque olha para fora do espírito que tudo sabe e tudo enxerga. Os olhos de Prazâ veem sua gente, mas não enxergam seu destino. A semente cai na terra, mas se não morre, nada produz. Prazâ é semente de seu povo. Antes que as flores nasçam, devem cair as folhas. O destino do tempo antes do nascer das flores não é despir a árvore, deixando-a nua de suas folhas. É deixar que a seiva das folhas que caem, fecunde a terra e garanta a vida futura. Prazâ é seiva fecunda do seu povo, que deixou nascer do amor por Mrôbdã, uma nova semente. Prazâ deve olhar para dentro de si mesmo, com o olho do espírito, para encontrar na semente do amor perdido o destino do seu povo".

"Enquanto falava, Tarê arrancou um galho da árvore desconhecida, tirou-lhe toda a casca e trançou-a como um cipó. Envergou a madeira ainda verde e, amarrando o cipó em suas extremidades, fez um arco, enfeitando-o com folhas e flores. Quando Prazâ acordou, o arco estava cruzado em seu peito e Tarê, à sua frente, sorria, enquanto o vento brincava com seus cabelos. Prazâ gritou ao Sol por sua amada Mrôbdã enquanto Tarê, assustada, sumia na floresta.

De arco na mão, o grande caçador embrenhou-se na mata, tentando desvendar aquele mistério. Tarê o seguia de perto, sem se deixar ver. Em seu pequenino coração, nascia um sentimento novo e profundo. Tarê descobria seu destino.

Um dia, uma grande sombra cobriu a aldeia dos Xerente. As asas de uma grande águia abriram-se sobre aquele povo. Prazâ empunhou novamente o arco e saiu em perseguição ao grande pássaro. Tarê o seguia e viu o pai pela última vez, sendo içado pelos ares, rumo ao Sol, nas garras da águia gigante, deixando cair o arco aos seus pés.

Daquele dia em diante, todas as tardes, Tarê subia a mais alta colina onde erguia-se o jirau de pedra e esperava o Sol no poente. Munida de arco e flecha, atirava em sua direção, tentando acertar o coração do grande pássaro que acreditava estar escondido atrás do Sol. Com o passar dos anos, as flechas atiradas por Tarê aproximavam-se mais e mais do alvo, até que o inesperado aconteceu: parte do Sol se desprendeu e caiu sobre a terra em forma de uma imensa bola de fogo. Com o impacto, penetrou profundamente no solo, atingindo um lençol freático, deixando atrás de si um imenso vale incandescente e sem vida. Irrompeu-se então da terra um límpido veio d'água que a cobriu e fez renascer ali todas as formas de vida.

Algumas gerações mais tarde, depois de serem dizimados quase que totalmente, Tarê foi reconhecida pelos Xerentes como filha da tribo e deram-lhe o nome de Knebdâ — Pedra do Sol. O vale passou a ser chamado de Totã — Olho da Chuva —, devido às chuvas que, desde então, caíam todos os dias na estação das flores, mudando o clima de toda região e fazendo transbordar, como num passe de mágica, todo tipo de vida animal e vegetal".

— Tia Nena, o que vem a ser um jirau de pedra? Nunca ouvi esse termo.

— Jirau de pedra é como se fosse uma grande caixa de sapato, feita de pedra, que fica suspensa em um lugar bem alto.

— E o pai de Tarê nunca mais foi encontrado?

— Não, querida Duda. Nunca mais se ouviu falar do paradeiro de Prazâ. Porém a lenda do Vale Totã passou a ser conhecida entre as tribos de todas as regiões. Extrapolou os continentes e espalhou-se pelo mundo. O tempo foi passando e muito, muito tempo depois, no fim do século XIX e a princípios do século XX, o irmão do Tio Aldo, Otto Würth, a conheceu na Alemanha. Ocasionalmente, em lugares diferentes, ele foi apresentado a duas pessoas que anos mais tarde iriam influenciar sua vida para sempre.

"Os alemães Kar Von Den Steinen e Max Schimidt eram estudiosos da escola etnológica de Berlim e estiveram no Brasil, em períodos distintos, pesquisando os indígenas da nossa região. Identificaram e mapearam as aldeias, a filiação linguística de cada tribo e contribuíram significativamente para o entendimento das sociedades indígenas do Alto Xingu e do Brasil central. Apaixonados pela exuberância da selva brasileira e seus habitantes, os etnólogos de Berlim encantaram Otto Würth com relatos das lendas e histórias do lugar, presenteando-o com alguns escritos. Por sua vez, Otto tornou-se mais tarde um respeitável bioquímico. Não obstante, teve que deixar a Alemanha durante a primeira grande guerra e fugir para o Brasil, junto com seus pais, por volta de 1919. De posse dos escritos dos amigos alemães, Otto descobriu um lugar onde, pela diversidade do clima, da flora e da fauna, acreditava ser o vale Totã — Olho da Chuva. Estabeleceu-se e ali montou um pequeno laboratório onde passou a estudar com profundidade a vida dos animais e plantas, entusiasmado pela pluralidade das espécies. Porém o que mais o impressionou foram as propriedades da cristalina água que banhava o enorme planalto e a magia contagiante que parecia espalhar-se entre as montanhas. Prometeu então a seus pais, que tiravam da terra a sua subsistência, defender e preservar o local, mesmo que isso pudesse custar-lhe a própria vida. E assim o fez, ano após ano, até o último instante da sua vida. Era um homem admirável, muito inteligente, culto, respeitador. Porém corria em suas veias uma juventude interminável. E como todo espírito jovem, lançava-se constantemente em aventuras que mais pareciam "fitas de cinema". Como a captura do tigre Thor, por exemplo".

— Tio Aldo nos contou essa aventura no dia em que chegamos na fazenda.

— Marcos, foram tantas aventuras em que o Doutor Otto envolveu o Tio Aldo, que até perdemos as contas. Mas uma coisa é certa: ele viveu e morreu por realizar o sonho de transformar esta região num celeiro de preservação da fauna e da flora, fomentando pesquisas em que pudesse incorporar à natureza um desenvolvimento autossustentável. Registrou-as nas páginas de dezenas de livros, seguindo o exemplo dos amigos etnólogos, que por meio de seus escritos o trouxeram a esta região. No entanto, há quem comente da existência de um compêndio no qual Otto registrava suas experiências mais secretas.

— Tia Nema? — interrompeu James, com a curiosidade aguçada. — Acredita na existência desses bosquejos?

— Caso existam, devem estar em algum lugar secreto, muito bem guardados. Nunca vimos nada parecido. Toda sua biblioteca foi preservada para estudos posteriores e hoje está alojada no laboratório do Doutor Gomes, que a utiliza em suas pesquisas e até fornece cópias para pessoas que se interessam pelo assunto. Não acredito na existência de tal documento secreto.

"Tio Aldo era o caçula da família e sempre admirou e respeitou o irmão mais velho. Porém, por várias vezes, teve que interferir nas experiências de Otto Würth que, na busca constante da "combinação perfeita", excedia-se, e com certa frequência criava em seu laboratório alguns "produtos" que alteravam a estrutura molecular de alguns seres vivos da flora e até mesmo da fauna local. Algumas árvores do pombal, por exemplo, são geneticamente alteradas e fizemos dezenas de inseminações experimentais em animais de cobaia".

— Essas pesquisas estão registradas nos livros do Doutor Otto?

— Pelo menos a maioria delas, meu caro James.

— Algumas dessas experiências com animais deram resultado positivo, Tia Nena?

— Sim, algumas. Embora não tenham vivido o suficiente para fazer história, as experiências contribuíram muito para o desenvolvimento de vacinas e soros que usamos no tratamento dos nossos animais.

— Interessante. Muito interessante!

— O que disse, James?

— Nada, Tia Nema. Nada. Só pensei relativamente alto. Coisa sem importância.

James fixou o olhar em Nando e depois percorreu a fisionomia de cada pessoa que residia na fazenda na perspectiva de colher alguma pista que pudesse ajudar em suas investigações. Uma nova luz parecia ter reacendido suas esperanças em resolver os mistérios das folhas do girassol e do cavalo desaparecido. O silêncio era absoluto e a voz de Helena imperava à sombra da mangueira, enquanto o Sol queimava o chão e o calor ressecava nossa boca.

UMA TRAGÉDIA

Para Max, o caminho de volta à sede da fazenda parecia mais longo que de costume. O Baio já começava a sentir os primeiros sinais de cansaço da corrida sob o peso do Sol forte e parecia estranhar seu companheiro de viagem. O domador soltou as rédeas e esporou o animal que instintivamente entendeu o recado e projetou-se à frente com todas as forças que lhe restavam.

Vera e Aquiles permaneciam no interior do galpão e, auxiliados por alguns colonos, executavam rigorosamente as ordens do doutor Gomes tentando amenizar a agonia daqueles animais. Pouco podiam fazer naquele momento, embora eram os únicos elos de esperança entre a vida e a morte. Os animais pareciam agonizar com a espera. Vera andava de um lado para o outro do galpão. Um pensamento saltou-lhe à mente: "Onde estaria a chave para aquele mistério? Onde?". Lembrou-se das folhas do girassol. Um calafrio seguido de um mau pressentimento aflorou-lhe os sentidos. Num salto, foi ter com o colono que auxiliava na preparação da ração dos animais.

— Responda-me, João: vocês têm usado ramas de girassol na composição da ração dos animais? Têm usado?

— Sim, Dona Vera. Já faz alguns anos que a incorporação é feita. Toda silagem é misturada com as ramas trituradas. De acordo com o doutor, o grão geneticamente modificado tem resultado numa planta forte e resistente a muitas pragas e doenças. Além de que a mistura das ramas na silagem contribui muito na digestão do animal, permitindo um bom ganho de peso e massa muscular.

— Como vocês têm feito a colheita do material para a silagem? Todos os dias?

— Todo dia à tardezinha. Colhemos o girassol e separamos a "cabeça" e a rama. Colocamos as ramas na esteira, lavamos e trituramos. Passa a noite secando na estufa e no outro dia bem cedinho misturamos com as outras silagens que já vêm pronta da cidade e tratamos os animais. Tudo é feito com muito cuidado, dona Vera. O doutor nos mostrou certinho como devemos fazer para não contaminar a ração. A forrageira é limpa todos os dias e não deixamos acumular ração nos cochos dos animais.

— Vocês não perceberam nenhuma diferença na ração? Na cor, no cheiro, no jeito dela?

— Acho que não, dona Vera. Só a cor que parece um pouco mais escura, mas isso depende da hora em que é cortado o girassol. Sempre foi assim.

— Tem alguma sobra da ração preparada hoje?

— Tem sim, dona Vera. Os animais comeram muito pouco hoje, e o doutor pediu para suspender a ração. Eles precisam de muito líquido, bastante mesmo!

Vera tomou um pouco da ração preparada pela manhã e com a ponta dos dedos apertou-a contra a palma da mão. A ração, que parecia perfeita, esfarelou-se.

— Veja, Aquiles. É impressionante como esfarela. Parece em estado de decomposição final.

Repetiu a experiência com outras porções retiradas dos coxos dos animais e o resultado foi o mesmo.

Emudeceu por um instante, desabafando em seguida:

— O que está acontecendo por aqui, meu Deus? O quê?

Vera apanhou mais um bocado de ração e, decidida, ordenou que retirassem o restante de dentro do celeiro e incinerassem todas as sobras. Aquiles a acompanhava em todos seus movimentos. Já não sabia mais o que fazer. Os animais pioravam rapidamente e alguns já davam sinais de convulsão. Vera estava convicta de que o mal se escondia nas ramas do girassol. Isolou a porção em um recipiente plástico e preparava-se para ir ao encontro do Doutor Gomes quando deparou-se com Max na entrada do celeiro.

— Max, não entre no celeiro!

— O que está acontecendo, dona Vera?

— Uma tragédia, Max. Depois explico. Toma esta porção e vai correndo ao laboratório. O Gomes está fazendo umas análises em outras amostras. Diga a ele que o problema está nas ramas do girassol. No girassol, Max. Veja o que devemos fazer e retorne imediatamente para nos auxiliar. Antes que seja tarde, Max. Antes que seja tarde.

O desespero começava a tomar conta de Aquiles e de Vera. Thor, o tigre, levantou-se cambaleando, ainda sob o efeito do antídoto aplicado pela manhã. A dose parecia ter sido bastante alta. Não obstante, a dormidinha extra parecia ter-lhe salvo a vida.

Do lado de fora do celeiro, os cachorros corriam atrás de uma perdiz que sobrevoava o quintal. Aquiles lavou-se em uma caixa de água corrente e colocou a coleira no pescoço do tigre, levando-o para a porta do galpão, isolando-o dos outros animais. Vera rezava, enquanto TanTan, a anta, agonizava e morria. Era a primeira baixa entre os animais do celeiro.

Max agiu rápido. Em poucos minutos as amostras de ração estavam sobre a mesa do laboratório do Doutor Gomes, que repetia insistentemente o teste de apertá-las na palma da mão.

— Incrível! Incrível! — repetia em voz alta.

— Doutor, os animais estão piorando rapidamente. Creio que não temos mais tempo para experiências.

— Correto, Max. Muito correto. As suspeitas de Vera quanto ao girassol parecem ter fundamento. Deveria tê-la ouvido ainda ontem, quando questionou sobre a planta. Concluí alguns exames preliminares e encontrei vários tipos de fungos e bactérias tanto nas salivas quanto na ração dos animais. Infelizmente não consegui identificar ou classificar nenhuma delas. Parece ser um novo nicho infectológico que se desenvolveu e rapidamente adaptou-se ao clima ideal. Basta-me descobrir como e onde se desenvolveu para que possamos combatê-lo. Tenho medo de não termos o tempo suficiente para isso. Identifiquei também uma mudança bastante grande nas propriedades da água que abastece os celeiros; embora ainda tenham uma excepcional qualidade, a variação dos nutrientes especiais que continham parece quase nula. Dependo de uma análise mais aprofundada com amostras de outros pontos de coleta da fazenda para certificar-me. Farei isso de imediato. Só não consigo entender como pode ter acontecido tamanha contaminação em tão pouco tempo. As sementes são tratadas e todo processo tem um padrão altíssimo de qualidade. Há anos que usamos as ramas de girassol nas silagens com resultados ótimos.

Gomes tomou nas mãos sua maleta de instrumentos e alguns frascos para coleta de amostras das águas ribeirinhas, enquanto olhava desolado para as porções de ração que guardara em recipientes isolados. Em tantos anos de trabalho jamais imaginara passar por um momento tão cruel. Olhou novamente para as amostras, fitou o retrato de Otto Würth que se impunha na parede e balançou a cabeça como que dissesse: erramos!

Sobre o balcão que tomava quase toda a parede abaixo do retrato de Otto, uma revista estampava em sua capa uma outra foto, em preto e branco, ostentando em letras garrafais a manchete: "*Biólogo brasileiro é reconhecido na comunidade internacional por sua coragem em defender as pesquisas em prol das sementes geneticamente modificadas*". Era Marks Smith.

Suavemente, Gomes deixou escorregar a maleta e os frascos sobre o balcão e apanhou a revista. Lembrava-se perfeitamente de Smith: *"uma mente brilhante, com uma face arrogante"*. Foi a primeira imagem que lhe ocorreu. Porém era testemunha ocular das transformações ocorridas na vida do biólogo que conquistou a simpatia de Otto Würth. Na época, por volta de 1969, com seus pouco mais de trinta anos, Marks Smith esbanjava beleza em seu corpo atlético e ironia em seu sorriso e em suas palavras. O Garoto, como era chamado, e Otto, haviam se conhecido por ocasião da festa de comemoração do cinquentenário da fazenda Paraíso, e juntos, ao longo dos anos, estudaram, desenvolveram e aprimoraram várias modificações genéticas em sementes e árvores frutíferas da fazenda. Uma amizade que só foi interrompida com a morte de Otto, anos mais tarde. Desde então, Smith jamais retornara à fazenda alegando estar sempre "muito ocupado com suas novas pesquisas". Na verdade, tentava manter em sua mente e seu coração a imagem viva daquele que considerava como "o pai de seus conhecimentos e de seu amadurecimento". Foi após conhecer Otto Würth e conviver por longos anos em sua companhia, que Smith passou a conhecer a si mesmo e abandonar a ironia sempre presente em suas palavras, compreendendo o verdadeiro sentido da profissão que escolhera.

Num lampejo de memória, Gomes mergulhou em lembranças e parecia ouvir uma das conversas entre Otto e Smith:

"— Garoto — dizia Otto —, podemos ser e fazer o que quisermos em nossa vida. Portanto façamos o melhor. Podemos ser um engenheiro: sejamos então o melhor engenheiro. Podemos ser um médico: sejamos então o melhor médico. Podemos ser um faxineiro: sejamos então o melhor faxineiro. Não importa o que escolhemos ser. O que vale é o quanto amamos o que somos. Em qualquer parte, em qualquer lugar, em qualquer ocasião, somos o que escolhemos ser. A vida é uma questão de decisão. Decida-se sempre pelo melhor,

Garoto, pelo melhor. A oportunidade nos é oferecida no momento presente, no agora, no hoje. Estamos onde deveríamos estar. Nosso lugar é aqui e agora. Saibamos decidir, sem nos esquecermos que seremos eternamente responsáveis pelas decisões que tomamos e por tudo o que delas advirem, hoje e para sempre".

Gomes folheou rapidamente a revista, recolocando-a sobre o balcão. Seu coração intuíra cada palavra que Otto pronunciara ao amigo Smith. Uma luz estampou-se em seu semblante, enquanto Max apanhava a maleta de soros e medicamentos. Saíram rapidamente rumo ao galpão onde Aquiles e Vera registravam a segunda baixa na guerra contra o invisível inimigo: Beta, a girafa, acabara de morrer.

ULTRASSECRETO

A conversa expandia-se descontraidamente à sombra da mangueira, embora o calor crescente fazia-nos rever os planos de passar o resto da tarde na colônia. Alguns, a favor, reiteravam o aprofundamento da amizade com os jovens conhecidos. Outros, os "do contra", queriam voltar para a sede da fazenda logo após o término da visita, que não poderia durar mais que uma hora. Nino e James sabiam que na verdade ficaríamos na colônia até que Max pudesse vir buscar-nos, e isso os incomodava, entre tantos outros motivos.

Noemi, sentada à frente de Helena, interpretava um profundo silêncio embebida em suas histórias. Levantou-se de repente e ameaçou sair da roda:

— Vou buscar água. Alguém mais quer?

— Deixa que eu mesmo pego, professora. Vou trazer uma jarra grande, assim todos podem beber.

— Obrigada, Nino. Você é mesmo um menino de ouro.

Nino deixou a roda de amigos e foi até a cozinha buscar uma jarra com água e alguns copos. Arrumou tudo em uma pequena cesta de bambu. Tomou-a nos braços e caminhou em direção à porta. Ao atravessar a sala de visitas, ouviu um estranho gemido. Parou próximo à porta que dava ao corredor dos quartos e observou. O gemido tornou-se ainda mais forte e contínuo. Cautelosamente colocou a cesta no chão e nas pontas dos pés, silencioso, foi até o quarto onde Tio Aldo descansava. Abriu a porta e chamou em tom ameno:

— Tio Aldo! Tio Aldo! Está tudo bem?

Não procedeu nenhuma resposta de dentro do quarto. Como um gatuno, Nino entrou e posicionou-se ao lado da cama, ouvindo o balbuciar do padrinho que ele mesmo havia escolhido anos atrás.

Um emaranhado de palavras era assoprado entre os dentes, confundindo-se em fonemas indecifráveis. Aldo balançava a cabeça da direita para a esquerda e da esquerda para a direita, constantemente, dando a impressão de que estava tendo um pesadelo. O garoto abaixou-se e com uma das mãos acariciou demoradamente seus brancos cabelos, molhados de suor. Aos poucos, as palavras puderam ser ouvidas, embora o menino não pudesse entender seu significado:

— *A pedra está morrendo... morrendo ... o cavalo vai saltar ... o segredo está no velho laboratório... o cavalo vai saltar, Otto... vai saltar...*

Nino estava perplexo. Nenhuma palavra parecia fazer-lhe sentido. Seu ímpeto era de correr em direção à porta. Porém seu coração pedia-lhe para ficar. Tomou coragem. Achegou-se aos ouvidos do padrinho:

— Quem está morrendo, Tio? Quem está morrendo?

— A pedra está morrendo... a pedra...

— Que pedra é essa, Tio? Que pedra?

— *No laboratório... ela está morrendo... no la-bo-ra...*

Fez-se silêncio. O assopro cessara. Nem mais uma palavra. A mão trêmula do menino balançou sua cabeça por três vezes e deslizando abandonou os cabelos brancos e largou-se no espaço. O suor escorria por seu corpo. Os olhos procuravam socorro, enquanto as pernas tentavam sustentar seu peso. Irrompeu porta afora em direção ao grupo de amigos e, sem pronunciar uma palavra, viu-se estatelar no chão, entre o círculo de cadeiras da reunião guaruba. Estarrecido e mudo, seus olhos mostravam a porta de entrada da casa. Num salto,

Fernando colocou-se em pé e, auxiliado por Akira, James e Eduardo, levantou o menino e o colocou em uma cadeira. Petrificado, tentei ajudar, porém os membros não respondiam ao comando.

Também inerte, Helena fitava o garoto tentando inutilmente entender o que acontecia. Noemi lembrou-se do Tio Aldo e tomando Marcos pelas mãos, entrou na casa. Em seguida, entraram Fernando e James que, tomando o mesmo caminho, chegaram ao quarto onde Aldo descansava. O silêncio imperava. Noemi percebeu a respiração mínima e ofegante de Aldo e tentou acordá-lo. Lentamente Aldo abriu os olhos sonolentos e, aos poucos, adaptava-se à realidade. Tia Nena, recuperando-se do impacto do primeiro momento, entrou no quarto dando o veredicto:

— Apneia! Ele deve ter tido outra crise de apneia. Faz alguns meses desde a última. Deve ter sido em função do cansaço. Meu velho tem se excedido, pensa ainda ter seus vinte anos!

Incrédulo, Aldo olhou em torno de si e viu-se assaltado de seu sono e, atordoado, quis saber o ocorrido.

Pálido pelo susto, Nino entrou no quarto e quase não acreditou que o padrinho estivesse vivo. Abraçou-lhe e após beijar-lhe a fronte, ainda emocionado, narrou o acontecido sem mencionar as palavras que Tio Aldo havia proferido enquanto entrava em crise. Todos o escutavam, tentando ainda absorver o impacto daquele episódio. Por fim, todos riram, enquanto o cesto, no canto da sala, protegia os copos e o jarro d'água. Agora, Nino guardava consigo outro segredo.

OUTRA MORTE NO CELEIRO

Max e o doutor Gomes aproximaram-se do celeiro onde Vera e Aquiles, inconformados, ordenavam a retirada da segunda vítima da intoxicação. Um sentimento de inutilidade tomava o ar.

Gomes chamou Vera e orientou-a sobre os resultados de suas análises:

— Não há o que fazer, querida! Trouxe todos os vidros de soro disponíveis no laboratório. No entanto, creio que de nada servem neste caso. Os tipos de fungos e bactérias são incalculáveis e não consegui identificá-los. São resistentes à climatização e agem de maneira desordenada e rápida, impossibilitando qualquer ação emergencial. Teremos que incinerar todo material usado neste celeiro e todo animal que não resistir às próximas doze horas. Todos nós teremos que usar luvas, máscaras, aventais, e descartá-las a cada três horas, no máximo.

— Os colonos correm perigo, Gomes?

— Todos nós, querida. Todos nós.

— Reduziremos então a quatro as pessoas que ficarão neste celeiro: eu, você e mais dois voluntários. Ninguém deve correr riscos que desconheçam. Max, você volta daqui.

— Mas, dona Vera! Sempre cuidei destes animais. Quero permanecer no celeiro e ajudá-los.

— Não, Max! Você ajudará muito mais ficando de fora. Tire todos daqui, inclusive a Branca, as pessoas que estão ajudando na sede e a menina Clara. Leve-os de caminhonete ao encontro dos outros e cuide para que fiquem na colônia até amanhã. Suspenda todo e qualquer tipo de ração animal que tenhamos na fazenda. Nada, Max, nada de ração até que tenhamos encontrado a causa disso tudo. Manteremos contato.

— Querida — completou Gomes, direcionando-se à Vera —, precisamos nos ater a todas as possibilidades de conter ou pelo menos amenizar esta catástrofe. Lembra-se do Doutor Marks Smith?

— O Garoto? Lembro-me, claro!

— No laboratório, vi-o na capa de uma revista bem antiga. Era parceiro de pesquisas e muito amigo do Tio Otto. Embora ele tenha feito um belo trabalho na fazenda, há anos que não o vejo. Acredito que seja a pessoa certa para nos ajudar. Todas as evidências deste caso indicam que o problema vem da ração composta, devido à decomposição avançada do girassol. E foram eles, o Tio Otto e o Smith, que desenvolveram todo o processo de genética modificada desta planta. Então, se alguém pode nos ajudar, este alguém é o Smith.

— Ele ainda trabalha para o governo?

— Creio que sim. Devo encontrá-lo no laboratório central. Vou passar um rádio e pedir ajuda na capital para localizá-lo. Cada minuto pode custar uma vida. Enquanto isso oriente o Aquiles para a retirada do pessoal do galpão e peça que coordene uma higienização pessoal completa e incinere suas roupas, chapéus e botas.

O tom de voz de Gomes e Vera era incisivo e forte. Cada palavra parecia cortar suas almas. Tudo precisava ser prático e rápido. Estavam lutando contra um inimigo desconhecido e cruel. Não havia tempo a perder.

— Max! — gritou Gomes. — Retire os colonos que estão de vigia na entrada da trilha e peça que venham ter com o Aquiles e não permita que nenhuma pessoa ou animal se aproxime da plantação de girassol, até segunda ordem.

— E o Alado, doutor?

— Terá que esperar, Max. Terá que esperar.

— Aquiles, meu filho, tenha bastante cuidado consigo e com os colonos. Não os deixe retornar para a colônia hoje. É melhor respeitar uma quarentena mesmo que mínima para evitarmos propagação e contaminação. Alojem-se provisoriamente no galpão menor e depois que chegar ajuda veremos o que fazer. O Max avisará as famílias.

— Mãe, e o Thor? O que faremos com ele?

— Isole-o no celeiro principal. Junte os cachorros e os animais de pequeno porte e coloque-os nas baias dos cavalos. Se for preciso, amarre-os. Evite ao máximo o contato direto, porém vocês ficarão responsáveis por eles. Agora vão! Precisamos agir rápido.

Enquanto Gomes tentava localizar o doutor Marks Smith na capital, Max, encaminhando-se à sede da fazenda, tentava explicar à Branca o que estava acontecendo, sem, no entanto, provocar grandes alardes. Despachou um colono ao portal da trilha com ordens expressas de trazer de volta os companheiros que lá estavam para que guardassem quarentena junto aos colegas que se alojavam no celeiro menor.

A tensão era tanta que esquecera até mesmo do almoço.

Em silêncio, Branca olhava a comida que esfriava no prato. Levantou-se e separou várias marmitas e as encaminhou para cada um que fazia parte daquele pesadelo, respeitando as rigorosas recomendações do doutor Gomes. Abraçou-se à Clarinha e com o olhar comandou a retirada de todos que auxiliavam na manutenção da sede da fazenda.

Vera e os colonos voluntários reforçavam as doses de soro, enquanto Zara, a zebra, agonizava em seus últimos suspiros. Era a terceira vítima.

UMA IDEIA BRILHANTE

Tudo parecia voltar ao normal no quarto onde Aldo descansava. Helena aproximou-se e sentou na beirada da cama. Um sorriso brotou em seus lábios, enquanto suas mãos percorriam o rosto do companheiro que lhe retribuía o carinho.

— Ainda cansado, meu velho?

— Um pouco.

— Que susto! Todos estamos preocupados contigo. O que devemos fazer agora? Seguimos até a colônia ou aguardamos aqui?

— O Sol ainda está muito forte para seguirmos. Vamos aguardar mais uma hora, depois prosseguimos. Fique com os meninos, vou tentar dormir um pouco mais.

Helena sinalizou positivamente com outro sorriso, ajeitou-lhe o travesseiro e saiu.

Noemi a aguardava no corredor.

— Helena, posso ajudar em alguma coisa?

— Obrigada, Noemi. Vamos esperar mais uma hora e depois seguimos até a colônia. Aldo não está bem. Conheço bem esse meu velho. Ele não é de entregar os pontos tão facilmente. Você poderia acompanhar os meninos até a colônia e alojá-los até que o Max vá buscá-los?

— É claro! Peço ajuda ao Nando e podemos fazer umas atividades no centro de recreação. Eles vão gostar.

— Acho melhor assim. Quando Max aparecer, peça a ele para vir nos buscar. Vou deixar que Aldo descanse um pouco mais. Ele adora estar aqui. Este lugar nos traz uma paz imensa e percebo que é disso que ele precisa neste momento. Vai dar tudo certo. Nos encontramos depois.

— Apesar do calor, que nos deixa de pernas bambas, teremos um fim de tarde bastante agradável. A integração com os meninos da colônia parece ser imediata. Todos têm se respeitado o suficiente para que haja uma aceitação mútua. Isso é memorável.

— Devemos isso ao relacionamento de amor que tem existido entre as crianças da colônia, você e seus familiares.

— Por bem da verdade, devemos isso ao amor mútuo que tem circulado entre nós. Cada um tem procurado fazer sua parte o mais perfeito possível. O mais interessante é que querem sempre ser os primeiros a fazer algo pelo outro, sem esperar que o outro os ame. Querem amar o outro por primeiro e isso faz com que se desapeguem de tudo que é material e se lancem no amor. Esse círculo de relacionamento está se expandindo e contaminando até mesmo as pessoas que não têm alunos na escola. Isso prova que o que circula não é uma ação humana, carnal, e sim algo superior que nos comanda e ordena dentro de um corpo místico universal, no qual somos instrumentos de uma vontade maior: Deus!

Enquanto conversavam, Aldo adormeceu e os jovens reuniram-se novamente sob a sombra da mangueira. Marcos, como não haveria de ser diferente, afogava sua agitação chupando mangas. Beto, que havia ficado alheio aos acontecimentos dentro da casa, insistia em querer detalhes e mais detalhes e era saciado pela atenção das meninas.

Nino procurava isolar-se para tentar entender os últimos acontecimentos. As palavras assopradas pelo padrinho ainda ressoavam em seus ouvidos e faziam estremecer suas pálpebras.

James aproximou-se e tentou entrar em seu mundo:

— Assustado?

— Muito! Já estava preocupado com tudo que vinha acontecendo e agora não consigo parar de pensar naquelas palavras...

— Palavras? Que palavras?

Nino estava descontrolado. Não conseguiu guardar segredo por muito tempo e contou tudo ao amigo que procurava achar nexo no que ouvia.

— Que pedra poderia ser essa, Nino? E o cavalo, seria o Alado?

— Não faço ideia.

— E o velho laboratório?

A cabeça de James era rápida. Desde que nos conhecemos, no segundo ano primário, ele se destacava pela perícia e agilidade no pensar.

— O laboratório do Doutor Otto! Sim, só pode ser. O velho laboratório do Otto Würth. Lembra que Tia Nena contou sobre suas anotações? Seu diário secreto!

— Não vejo sentido, James. O que o Alado tem a ver com um laboratório secreto que ninguém nunca viu e uma pedra que está morrendo? Desde quando pedra tem vida? E o Alado é um cavalo jovem, não tem tanta idade assim!

— Que o laboratório secreto exista, pode até ser. Agora, que ninguém nunca viu, eu duvido.

— E o Alado, o que tem com isso?

— Quer mesmo saber, meu amigo? Tenho uma teoria que pode explicar muitas das coisas que têm acontecido nesses dois dias que estamos aqui. Excluindo a idade do Alado, que confesso não se encaixar na teoria, preste muita atenção no que vou lhe dizer.

Em poucas palavras James expôs ao amigo sua teoria sobre o cavalo voador. Contou-lhe das pegadas no caminho em direção à sede da fazenda e que não ficaria espantado se o visse voando por aí. Nino sorriu debochadamente e fez sinal que James estava sonhando.

— E a pedra? Não se encaixa em lugar nenhum.

— Talvez sim! É só deixarmos a imaginação voar um pouco. Toda fábula, toda lenda tem um cunho embasado em alguma verdade. Um sonho, por exemplo, pode ter sido uma frustração vivida no dia anterior ou uma emoção forte que ficou de alguma forma gravada em nosso inconsciente e, que quando dormimos, aflora em forma de sonhos ou pesadelos. Tudo que sonhamos pode ter algum sentido na vida real. A árvore no centro do pombal, por exemplo, não poderia ser a mesma que nasceu das lágrimas de Prazâ, no túmulo de sua esposa e seu filho? Não acha muita coincidência?

— Viajou, meu amigo!

— Isso explicaria a pedra.

— Como assim? O que tem a ver a árvore com a pedra que está morrendo?

— Se a árvore existe, a pedra do Sol também pode existir!

— Não é possível que você acredite no que está falando.

— Nunca ouviu falar em meteorito, meu amigo? Não foi Tarê que derrubou um pedaço do Sol. Isso é lenda. Agora, um meteorito pode ter caído nessa região. E isso, com toda certeza, pode ter ocorrido sim, senhor!

Distraídos, Nino e James não perceberam a presença de Fernando que há muito ouvia em silêncio o colóquio.

— Posso até acrescentar alguns fatos novos nessa sua teoria, James.

— Que teoria, Nando?

— Do meteorito, oras!

— Estava ouvindo nossa conversa?

— Foi sem querer. Vim chamar vocês para nos sentarmos embaixo da mangueira e acabei por me interessar pela conversa.

— Que "fatos" são esses que se encaixam na nossa conversa?

— Lembra que lhes contei sobre a morte de meu pai? Pois então: ele estava sobrevoando o outro lado da colina proibida quando o acidente aconteceu. Como o Nino já sabe, o corpo jamais foi encontrado. A caixa preta do avião, até hoje, também é um mistério. Para nós da família isso é uma dor imensa.

— Como assim não foi encontrado o corpo? — indagou James, intrigado com a história.

— As buscas pelas encostas da colina onde foram encontrados os destroços do avião estenderam-se por semanas até que o laudo oficial da aeronáutica pudesse ser emitido. Há muitas controvérsias a respeito da rota que a aeronave fazia, além de que, após a colisão, tudo virou uma imensa bola de fogo e um amontoado de ferro estilhaçado. Na realidade, tudo indica que ele estava fotografando o vale. Do alto, percebe-se que a formação do vale não é natural. Esse fato vinha intrigando meu pai já há algum tempo. Foi então que resolveu investigar e acabou por perder a vida. Acredito que tenha perdido o controle do monomotor por se aproximar demais da montanha e tenha sido surpreendido por uma rajada forte de vento vindo do sudoeste, canalizado pelo formato do vale. Essa é a hipótese mais aceita pela família. Porém, uma pergunta me intriga: por que estava tão próximo da colina se conhecia tão bem os perigos da região?

— Acredita que seu pai tenha descoberto alguma coisa, Fernando?

— Com certeza algo muito interessante o fez arriscar tanto. Infelizmente, guardou consigo esse segredo para sempre.

— Entendo. Entendo — sussurrava James.

— Um outro fato que me intriga desde a morte do meu pai é o sonho.

— Sonho? — interrompeu James. — Que sonho é esse?

— De vez em quando tenho um sonho. Ele se repete sistematicamente a cada mudança de estação. O interessante é que no sonho, não importa a estação do ano, tudo é em preto e branco.

— Sonho em preto e branco? Como isso é possível?

— Não sei, meu caro. O que sei é o que vejo: é um lugar impressionante. Muitas árvores, como se fosse um bosque, cercam uma imensa clareira. Aos fundos, um pequeno chalé se esconde à sombra de uma velha figueira. Um gramado extenso brota no fundo do quintal e se esparrama à frente do chalé, até se perder de vista. No alto, ao findar o gramado, uma grande pedra retangular se impõe à beira de um precipício, como que se impedisse a natureza de continuar seu ciclo. Tudo em preto e branco, exceto o chalé. Ele é colorido, com cores vivas e fortes. Uma luz acesa em seu interior reflete um foco de vida sobre a grande pedra. No entanto, está vazio. De repente, uma névoa cobre todo o lugar e a luz se apaga. Então eu acordo.

— Por se repetir sistematicamente, esse sonho deve ter algum significado.

— No início, também pensei assim, caro James. Porém nunca ninguém pôde me dizer o que realmente significa. Tampouco consegui relacioná-lo com algum outro acontecimento em minha vida. O que mais me fascina nisso tudo é que esse lugar existe dentro de mim. Eu sinto isso! Não o conheço, nunca o vi, tampouco posso explicar, mas sinto. Tenho a nítida impressão de que já estive lá. Minha mãe nega isso. Diz que jamais estive em um lugar sequer parecido com esse, desde que nasci. E com certeza ela se lembraria.

— Você já tentou alguma terapia? Um psicólogo, talvez!

— Já tentamos várias vezes. Digo "tentamos" por ter a participação da minha família. Eles acreditam ser um trauma devido ao desaparecimento do meu pai. Éramos muito unidos. Muito mesmo. Quem sabe um dia tenhamos uma explicação para tudo isso.

— Quem sabe, meu amigo. Quem sabe!

Muitas coisas começavam a fazer sentido na cabeça daquela raposa disfarçada de menino. James olhava longe e pescava onde ninguém jamais imaginava ter peixe. Realmente Fernando era pedra fundamental naquele quebra-cabeça. Precisava agir rápido:

— Nando, seria possível irmos até a plantação de girassol e voltarmos antes do entardecer?

— Não devemos fazer isso! — exclamou Nino. — É muito perigoso e, além do mais, o local está sendo vigiado e sentiriam nossa falta.

— Precisamos ir até lá, Nino. Tenho certeza de que vamos poder ajudar aqueles animais que estão doentes no galpão. O Doutor Gomes e o Tio Aldo vão nos agradecer, você vai ver.

— Como poderíamos sair sem sermos vistos?

— Não precisamos nos esconder, Nando. Aliás, pensando bem, a única coisa que precisamos fazer é nos esconder!

— Não entendi, James.

— Nem eu — retrucou Nino.

— É muito simples. Vamos dividir o grupo em dois. Um grupo procura e o outro é procurado.

— Pique-salva! É claro.

A ideia de James realmente foi fantástica. Em segundos estava difundida entre os Guarubas e todos nós entramos de cabeça no projeto, com exceção de Tia Nena, que descansava em uma poltrona ao lado de Aldo, enquanto refletia profundamente sobre os últimos acontecimentos.

QUARENTENA

Embora tivesse um preparo físico invejável, Aquiles estava exausto. A correria provocada pela epidemia não só esgotava seus músculos como também afetava diretamente seu estado de espírito.

De todos os animais colocados sob sua tutela, Thor era o mais velho. No entanto, por hora, o que menos o preocupava. Parecia fora de perigo por não ter ainda ingerido a ração matinal e por estar sob o efeito tranquilizante do antídoto. Todos os outros precisavam ser vigiados integralmente. Os colonos que chegavam ao pequeno galpão logo se alojavam e, passando por uma higienização completa, colocavam-se à disposição do rapaz. Suas roupas e calçados eram rapidamente incinerados, evitando assim que a contaminação se proliferasse.

Os animais de pequeno porte, encaminhados ao celeiro principal, foram colocados separadamente nas baias dos cavalos, que rapidamente foram cercadas com telas a fim de evitar fugas em massa. Ali, naquele celeiro, tudo parecia sob controle. Agora só restava esperar a chegada dos colonos que montavam guarda no portal da trilha proibida. E eles já estavam a caminho.

Vera não mais escondia sua angústia com a presente situação. Sabia que em algum momento haviam cometido um grave erro e o preço a pagar era muito alto. A natureza ser-lhes-ia implacável. Todo cuidado era pouco. O invisível inimigo não lhes dava trégua. Agora era a vez de Bufa, a búfala, perder a batalha pela vida. Uma perda inestimável, principalmente para Branca, que a selecionou pessoalmente para abastecer a cozinha com seu leite — matéria--prima de seus queijos maravilhosos.

O sorriso meigo e o olhar fugaz da professora deram lugar a uma tristeza ainda maior com a chegada dos colonos que vigiavam o portal da trilha. Relataram com tremor na voz a morte de dezenas de pássaros que se alimentaram das sementes que se perdiam ao redor do paiol, próximo ao portal.

A agonia aumentava. No entanto, o outro lado daquela dolorosa notícia confirmava todas as suas suspeitas. Poderiam agora concentrar todos seus esforços no combate direto à *causa mortis*.

Os colonos foram encaminhados ao celeiro menor, onde Aquiles os esperava para a higienização total e um longo período de quarentena.

A dor pelas perdas que se acometiam, uma após outra, era geral. Ninguém passava imune àquele sentimento que parecia arrancar--lhes do peito a própria alma. Todavia, o pior sentimento era o de inutilidade, causado pelo longo período de espera.

Aquiles olhava o vazio. Por uma fresta, provocada pelo afastamento de uma telha, o Sol se fez penetrar no obscuro universo daquele celeiro. Um pequeno foco de luz que o fazia se lembrar que a vida se renovava constantemente lá fora, e que lhe trazia uma grande certeza: tudo isso vai passar. Vai passar!

A FUGA

Nos reunimos novamente embaixo da mangueira onde Marcos acompanhava as meninas em mais uma seção de sua brincadeira preferida: comer! James explicou à professora Noemi a ideia do pique-salva e propôs que ela chefiasse a equipe concorrente. Percebendo que o poder de escolha poderia gerar descontentamento entre seus alunos e amigos, devido a se sentirem preteridos ou não, Noemi gentilmente agradeceu o convite e optou por fazer companhia à Helena, repassando o poder à Roseli, que de imediato incorporou a chefia. Estrategicamente, James escolheu sua equipe: Nando, Nino, Beto, Marcão e eu. Confesso que por um momento senti-me excluído do grupo, devido à demora que houve enquanto James optava entre Rafael e eu. Depois, esforcei-me em garantir ser merecedor da escolha e provar que estava preparado para dar o melhor de mim, sem ao menos imaginar o que estava por vir. Na equipe adversária, as mulheres comandavam. Pelo menos parecia ser essa a estratégia usada por Rose, quando escolheu por primeiro a amiga Duda.

Faziam parte ainda, além do Rafael, amigo do Nando, o Akira, o Eduardo e o Ronaldo. O circo estava armado. Jogamos a moeda e por sorte fomos escolhidos para nos escondermos primeiro. Consequentemente, a equipe da Rose teria que nos encontrar. Nos reunimos na varanda dos fundos e traçamos nosso plano de fuga: deixaríamos o amigo Beto escondido no celeiro e com a cadeira de rodas faríamos marcas no chão, em sentido oposto, dando a impressão de que tomávamos o caminho no sentido ao canavial. Caso demorássemos para voltar, além de protegido, Humberto estaria próximo ao pique — onde teria sempre uma pessoa a vigiar para que ninguém pudesse "salvar a equipe" — e poderia então ser ouvido, caso fosse preciso ser encontrado. James pegaria alguns binóculos no baú da carroça enquanto Nino e Nando preparariam os cavalos para que pudéssemos nos esconder o mais longe possível da equipe adversária. No entanto, algo parecia não se encaixar nas expectativas da brincadeira e levou-me ao questionamento:

— James, o que vamos fazer com os binóculos e por que ir tão longe se o melhor do pique-salva é a correria gerada pelo pega-pega em volta do pique? Qual é a graça em se esconder e não ser achado?

James não teve escolha. Abriu o jogo e contou-nos todo o plano de ir até a plantação de girassol à procura de uma pista que o levasse à solução do grande enigma. Apoiado por Nino e Fernando, nos fez jurar segredo. Humberto de imediato se comprometeu com o jogo, desde que após usarem a cadeira para formularem a estratégia de fuga, recolocassem-na em seu esconderijo, de modo que pudesse usá-la se necessário. Assim foi feito. Dez minutos depois, após James distribuir os binóculos, galopávamos rumo ao portal proibido. Éramos cinco naquela aventura: Nino levava Marcos na garupa. Eu me agarrava em James, enquanto o Nando abria caminho à frente da expedição, levando-nos rumo **à** grande figueira, palco de muitas das suas descobertas. Descemos beirando a cerca do curral até cruzarmos o riacho que servia como bebedouro dos animais e entramos na mata baixa, seguindo sempre o leito esquerdo do rio. Não demorou para que pudéssemos ver na outra margem após o verde do canavial, o amarelo vivo das flores do girassol. Nando apeou do cavalo e nos fez sinal de silêncio:

— Vamos deixar os cavalos aqui. Não podemos fazer barulho. A cabana dos colonos fica logo após a mata ciliar. Vamos até a figueira e de lá poderemos ver o que está acontecendo.

Sinalizamos que sim. Amarramos os cavalos e o seguimos. Uma árvore caída sobre o riacho nos serviu de ponte. Atravessamos a mata ciliar e nos deparamos com a grande figueira que se impunha como divisa tríplice entre o canavial, a plantação de girassol e a mata ciliar.

— Vamos ficar aqui por alguns minutos observando com os binóculos a movimentação na cabana dos colonos e depois faremos uma varredura nas proximidades para ver se encontramos alguma pista do Alado.

— Tudo bem, James. Antes, porém, gostaria de mostrar a vocês uma das coisas mais fascinantes que já vi neste lugar: a árvore azul.

— Árvore azul! — exclamou Marcos. — Essa eu quero ver de perto. Aliás, só acredito vendo.

— A árvore azul, Marcos, na realidade é verde. Azul são os pássaros que vivem nela. São centenas numa só árvore. São tantos, que a cor predominante não é o verde das folhas e sim o azul das penas.

— Que pássaros são esses e onde estão?

— Pegue seu binóculos. A árvore fica do outro lado do riacho, no entanto, a vista daqui é maravilhosa. O pássaro do qual estou falando é a arara-azul do pantanal mato-grossense. Devido ao clima, uma grande massa migrou para esta região. Ela se destaca pela beleza de sua plumagem e por ser o maior dos psitacídeos existentes, chegando a medir um metro da ponta do bico à ponta da cauda. Pesa cerca de um quilo e duzentos, um quilo e trezentos gramas. Distingue-se por voar em pequenos bandos ou em pares. Hoje já é possível vê-la também dentro do ninho, no interior dos troncos das árvores, sozinha ou com seus filhotes. À medida que acontece um aumento significativo no conhecimento sobre o comportamento e a reprodução da espécie, percebemos um significativo aumento na sua população. E isso me deixa ainda mais feliz. Acredito que elas fazem ponto por aqui devido à plantação de girassol. Quando há colheita, e isso ocorre com muita frequência devido à incorporação que fazemos na ração dos animais, muitos grãos se perdem pelo chão e elas ficam esperando o melhor momento para recolhê-los. Sigam meu dedo indicador e olhem aquela árvore que se destaca em sua altura, há mais ou menos uns duzentos metros da margem do riacho, logo à sua frente. Em linha reta.

Olhamos todos na direção indicada e nos deparamos com a grande árvore azul. No entanto, pouquíssimos pássaros habitavam o lugar.

— Não entendo! — exclamou Nando. — Nunca vi tão poucas araras naquela árvore.

— Nando, tem alguma coisa errada acontecendo lá.

— Como assim, Marcos?

— As araras estão caindo! Parece que alguém está atirando nelas.

Fixamos o olhar na árvore e em segundos vimos outra arara projetar-se inerte rumo ao chão.

— Ninguém está atirando nelas. Ouviríamos os tiros, com certeza. Olhem de novo. Não há nenhuma arara sobrevoando o local. Aliás, pássaro algum! Tem algo muito errado acontecendo.

Enquanto todos voltavam a atenção para a árvore azul, passei a observar a cabana dos colonos. Nenhuma movimentação fazia-se perceber. Não havia fumaça na fogueira e os cachorros não davam sinal de vida. O silêncio parecia mórbido.

— Nino, olhe para a cabana. Parece que não tem ninguém por lá.

— Nem mesmo os cachorros! O silêncio é total.

— Olhem próximo ao terreiro, ao lado do paiol onde guardamos as colheitas. Parecem pássaros caídos no chão.

— São dezenas, James. Parecem envenenados.

— Parecem mesmo, Nando. Todos envenenados. Não tenho mais dúvidas sobre as sementes. O girassol é a causa da morte das aves e da intoxicação dos animais no galpão da fazenda. Precisamos avisar o Doutor Gomes.

— Precisamos ver melhor. Será que os colonos não perceberam isso? Ou talvez tenham retornado à sede para avisar o doutor.

— Vamos nos aproximar. Com cuidado. Ainda podem estar por perto.

— James tem razão — reforçou Nando. — Ainda podem estar por aí. Vamos dar a volta e chegar pelos fundos.

Mal iniciamos a descida, um relinchar quebrou o silêncio e invadiu a mata.

— O que foi isso?! — gritou Marcos.

— É o Alado! — gritou Nino. — É o Alado!

— Onde?

— Não sei. Não o estou vendo em parte alguma. Mas é ele! Eu sei que é! Conheço esse relinchar a quilômetros.

Um novo relinchar estremeceu-nos.

— Veja! No meio do girassol. Ele está derrubando tudo, tudo. Parece enfurecido, descontrolado! Por onde passa, deixa uma trilha enorme.

— É o Alado. Eu sabia, é ele. O danado não se aproximava pois sabia que estava sendo vigiado.

O animal corria no meio da plantação derrubando tudo, deixando atrás de si um caminho de devastação.

Estávamos petrificados. Os binóculos pareciam colados nos olhos. Por um segundo, já havia me arrependido de estar ali.

Nino tomou-me pelo braço e gritou:

— Vamos atrás dele. Atrás dele!

No ímpeto, descemos a plantação rumo ao paiol. Corríamos juntos, formando um pelotão de ataque. Não pensamos no perigo, nem mesmo nas consequências. Um outro relinchar nos fez parar. Estávamos há poucos metros do animal, que corria em nossa direção. Nando tomou-nos a frente e apanhando uma cabeça de girassol lançou-a sobre o cavalo. James imitou-o, reforçando a retaguarda. Nino, abrindo e fechando os braços como se fosse voar, partiu em direção ao animal, gritando. Marcos e eu olhávamos a cena, inertes. O suor escorria pelo corpo e a camisa molhada registrava a mistura de medo e calor.

Alado mudou a direção e continuou correndo, rumo à trilha proibida.

— Atrás dele! Atrás dele! — gritava Nino.

O cavalo atravessou o portal e saltou sobre o mata-burro, embrenhando-se mata acima.

— Vamos segui-lo! — gritou James. — As pegadas são bastante claras e não acredito que tenha ido longe. Ele sempre esteve escondido por aqui. Vamos achá-lo.

— Espere! — gritou Nino. — No paiol tem arreios, ferramentas e cordas. Vamos pegar pelo menos umas cordas e a focinheira. Caso consiga me aproximar, amarro o danado.

Nando e Nino apanharam os equipamentos, enquanto o astuto James examinava o local.

Atravessamos o portal e seguimos as pegadas.

Atrás de nós, um cenário devastador: centenas de pássaros espalhados pelo chão misturavam-se ao girassol arrancado e pisoteado que, misteriosamente, começava a se decompor sob o calor cada vez mais intenso.

AGONIA E ESPERA

A caminhonete cortou caminho rapidamente até a colônia, deixando para trás um rastro de poeira. Jonatas, um dos colonos que auxiliava nos serviços da Sede da fazenda, havia sido escolhido para dar a notícia da quarentena aos familiares dos trabalhadores. Max o olhava pelo retrovisor, tentando encorajá-lo na difícil missão. O domador permanecia calado. Pelo espelho, também vigiava os auxiliares de Branca que viajavam sem nenhuma proteção na carroceria da picape. Seu semblante deixava transparecer todo amor e preocupação que cultivava pelos amigos e pelos animais daquele lugar. Precisava ajudar de alguma forma e não se conformava em ficar de fora daquela batalha. Branca o olhava. Calada, respeitava aquele silêncio. Em seu coração, procurava entender a aflição do marido, embora preferisse vê-lo a salvo. Suavemente, abraçou seu amado, passando a mão pelos seus cabelos como se dissesse: estou contigo. Max sorriu-lhe, devolvendo o carinho. Clara, sentada no banco traseiro ao lado de Jonatas, observava a cena e emocionava-se com tanta cumplicidade. Nenhuma palavra, porém o coração de um mergulhava profundamente no outro.

O carro parou em frente à casa de Noemi. Bateram à porta várias vezes sem obterem resposta.

— Não tem ninguém — afirmou Max.

— Devem estar no Centro de Recreação. Vamos até lá — sugeriu Branca.

Max acelerou rumo ao centro de recreação. Ao descer, sinalizou para que Jonatas e os outros colonos desembarcassem ali e os orientou a como passar adiante a mensagem da quarentena, sem promover maior alarde.

— Tudo fechado! — Exclamou, após tentar empurrar a porta de entrada do centro de recreação. — Ou estão na casa de um dos colonos, ou fizeram parada na casa velha.

— Não acredito que estejam na colônia, querido. Não há nenhuma movimentação por aqui. Vamos direto à casa velha.

Agoniado, Max retomou rapidamente o caminho, acelerando ainda mais a perua. Nitidamente sua fisionomia exalava preocupação. Branca tentava acalmá-lo:

— Querido, não precisa correr tanto. A menina Clara pode se assustar. Vamos mais devagar. Não devemos perder a calma; tampouco a alma.

Em minutos o carro atravessava o pasto que circundava a casa velha e estacionava à porta do conhecido museu da família Würth. À sombra da mangueira, Duda e Rose vigiavam o pique enquanto o Sol e o calor castigavam os meninos Akira, Rafael, Eduardo e Ronaldo, que seguiam a falsa pista implantada pela nossa equipe. Ao vê-los, Clara saltou do carro e, ansiosa, foi ter com os amigos, tentando, num abraço, confortar seu coração.

Noemi recebeu os pais de Nino à porta da varanda, surpresa por perceber suas fisionomias angustiadas.

— Branca! Max! Que bom vê-los por aqui tão cedo. Alguma novidade?

Branca calou-se, deixando que Max tomasse frente à conversa.

— E o Tio Aldo?

— Descansando. Abusou um pouco do calor.

— E Helena?

— Com ele, no quarto.

— Precisamos conversar um pouco, professora.

Max tomou Noemi pelas mãos e acompanhado de Branca entraram na casa. Helena, adiantando-se, já os aguardava na sala. Em suas mãos, um terço confirmava sua fé. Tio Aldo dormia, continuando seu descanso. Aflita, Branca desabafou:

— Tia Nena, as coisas fugiram do controle. Os animais estão morrendo, os colonos parecem estar contaminados... terão que guardar quarentena... a dona Vera, o Doutor Gomes e o Aquiles estão correndo perigo! Não sabemos mais o que fazer. Não sabemos!

— Calma, Branca! Fale devagar. Não estamos entendendo nada.

Novamente Max tomou a frente da conversa, e num esforço de espírito explicou o que realmente estava acontecendo. Noemi e Helena o ouviram estarrecidas. No entanto, mal podiam imaginar que tudo aquilo era apenas a ponta do *iceberg*.

O despencar de uma bengala no chão da sala interrompeu a reunião. Em pé no corredor, Aldo observava o grupo. O silêncio era mórbido. O velho guerreiro correu os olhos pela sala, como se procurasse por alguém ou tentasse reconhecer o lugar. Helena levantou-se, e buscando na alma um sorriso, foi de encontro ao marido que não lhe demonstrou nenhuma reação. A inércia foi quebrada pelos olhos, que mais uma vez correu a sala e pela urina incontida que se esparramou pelo chão. Todos o olhavam, incrédulos.

Sem dizer uma só palavra ou expressar qualquer emoção, Aldo deu meia volta e retornando ao quarto, deitou-se e adormeceu.

Lágrimas percorreram as faces de Helena e Branca, projetando-se no espaço. A vida caminhava por um fio.

UM PEDIDO DE SOCORRO

As ondas de rádio cortavam o céu da capital. Smith, o garoto, estava mergulhado em mais umas das suas experiências genéticas. O tempo parecia correr a seu favor. A idade avançada parecia não incomodar seus músculos, e o cérebro defendia-se com louvor das mazelas da vida. Uma equipe de quatro profissionais revezava-se no laboratório de uma das principais universidades do governo. Uma voz feminina quebrou o silêncio:

— Doutor Smith, há uma mensagem no rádio central, poderia atender agora?

— Quem é? — perguntou sem desviar os olhos do microscópio.

— O Doutor Würth. Gomes Würth, senhor.

Por um instante, Smith não respirou. Levantou os olhos em direção à porta enquanto pensamentos mil quebraram a rotina de seu consciente. Uma imagem explodiu em sua mente: Otto Würth! Quantos anos haviam se passado desde a última vez que se viram? Impossível dizer. O trabalho tomara-lhe toda a vida. Uma paixão irresistível pelo novo, pelo prazer da descoberta, pela sensação de sentir-se único. Incomensurável prazer que o havia levado a lugares como a fazenda Paraíso e permitido conhecer pessoas como aquelas. Há muito o amigo havia partido, no entanto, o tempo parecia não existir.

O velório, o enterro, o sentimento de perda, tudo parecia presente naquele momento. Somente um sentimento pôde ser ainda maior que suas lembranças: a saudade.

Quando Smith pronunciou as primeiras palavras ao rádio, a sensação ainda era de estar falando com Otto. Aos poucos, deu-se conta da realidade. Respirou fundo, e firmando o fone com uma das mãos, ouviu atentamente o relato detalhado do Doutor Gomes sobre os últimos acontecimentos na fazenda Paraíso. Ficou perplexo, embora com sua experiência de vida, quase nada poderia tirar-lhe a paz conquistada. Ponderou por instantes e deu o veredicto:

— Isolem toda a área onde estão os animais. Suspendam completamente a alimentação e preparem-se para incinerar todos que não resistirem até ao fim da tarde. Creio saber perfeitamente a causa de tudo isso. Em algumas horas um monomotor nos fará pousar na fazenda. Levo comigo uma equipe e um laboratório portátil que nos ajudará nos exames necessários, além, é claro, de alguns medicamentos que desenvolvemos para estas emergências. Recolha algumas amostras da água que banha a mata baixa e alimenta os bebedouros da fazenda para que possamos iniciar os testes com prioridade. Fique tranquilo, faremos tudo que for necessário. Câmbio. Desligo.

Smith segurou ainda por instantes o fone do rádio antes de desligá-lo. O pulso acelerado revelava a adrenalina que invadia seu corpo e o projetava novamente naquela aventura de vida ou morte.

Na fazenda, Gomes suspirava aliviado. Tudo parecia encaminhar-se para uma solução. Suas suspeitas pareciam ter fundamento e iam ao encontro das ideias do Doutor Smith. O pesadelo estava com as horas contadas. Precisava comunicar as boas novas à esposa e ao filho. Imediatamente rumou para o celeiro dos animais onde Vera, em desespero, registrava outra baixa: era Mhello, o camelo.

PERDIDOS NA MATA

A lado embrenhou-se mata acima sem preocupar-se em esconder suas pegadas. Como paramos no paiol para pegar cordas e focinheira, o animal mantinha uma boa dianteira a qual o mantinha a salvo, pelo menos por hora.

Parecia seguir uma linha reta em direção ao topo da montanha, embora fosse impossível ver dois metros à frente, devido à mata fechada. Cortava-a de baixo a cima, como se conhecesse muito bem o lugar, e, num zigue-zague perfeito, driblava os obstáculos maiores e atropelava os menores, como que já houvesse planejado seu itinerário.

James e Nando revezavam-se instintivamente à frente do grupo, enquanto que Marcos, de minuto em minuto gritava para que o esperássemos. Nino não perdia contato conosco e mantinha-se atento ao grupo da dianteira. Dessa forma, só me restava não perdê-lo de vista. Quanto mais nos embrenhávamos na mata, mais quente e escuro ficava. Até mesmo os cabelos estavam molhados pelo suor. Depois de quase meia hora de perseguição, uma clareira com mais ou menos uns cinquenta metros de diâmetro abriu-se à nossa frente, deixando ver o terreno arenoso e o Sol escaldante que o aquecia. Era como se após horas de escuridão, acendêssemos a luz de repente. Mal conseguíamos manter os olhos abertos.

— Para a mata! Para a mata! — gritou James, protegendo o rosto com as mãos.

Num salto, retornamos alguns metros e paramos embaixo de uma figueira centenária. A respiração era ofegante e o cansaço eminente. Marcos parecia arrastar-se quando nos alcançou.

— Chega! Não aguento mais essa correria. Quero água, quero água. Vocês querem me matar de cansaço, fome e sede?

Em silêncio, Nino passou-lhe o cantil com água e sentou-se ao lado de James, que ainda se refazia do susto.

— Nossa! Se ficássemos cinco minutos na clareira, ficaríamos cegos. O Sol parece ter caído sobre ela. O calor é insuportável e o terreno arenoso reflete muito fortemente seus raios. Vamos descansar um pouco e depois contornaremos a clareira pela mata. Não vamos atravessá-la.

— Ficaremos aqui? — perguntei-lhe.

— Não. É claro que não. Contornaremos pela mata e seguiremos as pegadas do outro lado. Embora corra desviando-se das árvores, o animal está deixando rastros profundos e o seu destino parece ser em linha reta. Isso facilitará nossa procura e o retorno à fazenda.

Nino levantou-se e colocando a mão no queixo, como que não entendesse algo, indagou:

— Nunca percebi esta clareira, olhando lá da fazenda. Ela é enorme. Como pode não ser vista se fica voltada de frente para onde moramos?

James tentou explicar:

— As árvores à sua volta são muito altas. É como se formassem uma barreira de proteção, e a inclinação ascendente do terreno oculta a falha na vegetação. Talvez ela tenha sempre existido e ninguém nunca se deu por conta.

— Talvez não! — interrompeu Fernando. — Talvez tenha sido essa a razão pela qual meu pai aproximou-se tanto da montanha, quando sofreu o acidente com o avião. É uma boa razão, não acham?

— Acredito que não, meu amigo — respondeu James. — De acordo com seus relatos, seu pai era um piloto muito experiente e não era a primeira vez que fazia essa rota. Com certeza ele já sabia desta clareira. Ele e muitas outras pessoas na fazenda. Porém, como tudo por aqui é um mistério, eis mais um!

— Temos que concordar contigo, James: haja mistério! — interferi.

— Por outro lado, pensando melhor, acho que não adianta continuarmos correndo atrás do Alado, morro acima. Não vamos alcançá-lo nunca. Devemos pensar melhor e montar uma estratégia para que possamos encurralar o espertinho e capturá-lo. Estamos agindo como animais. Por puro instinto!

— James! — interferi novamente. — Precisamos tomar alguns cuidados. A mata é muito fechada e será impossível acharmos o caminho de volta sem alguma referência.

— Ele tem razão. Toda razão — disse Nando. — Caminho por toda fazenda, todos os dias. Porém nada se compara a este lugar. Chegamos até aqui porque estamos seguindo um caminho de devastação deixado pelo cavalo. Devemos sinalizar o caminho de volta.

— Não pretendemos sair da rota do animal. Mesmo porque, se sairmos, jamais o encontraremos. No entanto, vamos tomar alguns cuidados e fazer marcas nas árvores maiores.

Por um instante, um calafrio circundou meu estômago. Senti medo. Olhei a mata ao redor e percebi que realmente seria impossível voltar, caso perdêssemos a trilha. Tive dúvidas se queria ou não continuar. Marcos foi mais direto. Muito mais:

— Pessoal, não vou continuar. Espero vocês aqui. De qualquer forma, este é o caminho de volta. Estou muito cansado e não conseguiria mais acompanhá-los. Peço que deixem um cantil com água e que não demorem. Daqui a pouco teremos o lanche da tarde e não pretendo perdê-lo. Temos que voltar em menos de uma hora, com ou sem o Alado.

— Incrível! — exclamou James. — O Marcão pensou! Está certo que a fome ajudou um pouquinho, mas foi justo, muito justo. Devemos realmente voltar em menos de uma hora, visto que temos um encontro marcado com a chuva das cinco e o café da tarde. Porém coisas mais importantes ainda tomam meus pensamentos: os animais do celeiro, os pássaros mortos e espalhados pelo campo de girassol e este bendito cavalo fujão.

— Fico com o Marcos — decidi finalmente. — Assim vocês agirão com mais rapidez e teremos a segurança de uma retaguarda para qualquer eventualidade.

Todos perceberam o medo em meus olhos e respeitaram minha decisão. Nino passou a mão pelo pescoço e deixou seus dedos deslizarem pelo cordão de couro que segurava o apito de bambu. Olhou a mata ao redor e determinou: — vamos!

James e Nando levantaram-se e em silêncio tomaram o caminho até a clareira.

— Vamos circundá-la pela direita, até encontrarmos as pegadas do outro lado — sugeriu Nando. — Não será difícil, visto que o estrago provocado pelo Alado não é dos menores.

Marcos e eu nos sentamos alguns metros adiante, sobre a raiz exposta de uma grande árvore, um ao lado do outro, e ficamos tentando identificá-la, sem, no entanto, desviarmos a atenção da trilha deixada pelo cavalo. Nossos amigos continuaram a caminhada à procura da trilha, no outro lado da clareira.

O silêncio da mata aos poucos foi tomando conta dos nossos sentidos e multiplicando nosso medo. Todos os últimos acontecimentos passaram a ter um único significado: insegurança. Ainda mais que eu, Marcos transpirava por todos os poros e o calor aumentava nossa fadiga. Com certeza não estávamos preparados para aquela aventura. Nenhuma palavra saía de nossas bocas. A respiração ofegante ritmava o pulsar dos nossos corações. Viajávamos em pensamentos e imagens mil eram criadas em nossas mentes. O medo aumentava.

De repente, um barulho.

— Que foi isso? — sussurramos ao mesmo tempo.

— Silêncio! Preste atenção, Marcos. Vem da nossa esquerda.

O barulho aumentava a cada instante e nos dava a certeza de que se aproximava de onde estávamos. Marcos levantou-se e colou seu corpo no tronco da grande árvore. Apanhei um galho seco que estava próximo e fiz o mesmo. O coração disparou. O barulho se aproximava cada vez mais e pelo pisotear na vegetação não deixava dúvidas: era grande. O medo do desconhecido aterrorizava nossas mentes. As pernas começaram a tremer. Precisava agir antes que o desespero nos dominasse por inteiro. Tomei coragem. Respirei fundo e coloquei em meus braços todas as energias que ainda me restavam. Esperei até que o barulho se fizesse ao nosso lado e aproveitando-me do elemento surpresa, desferi um só golpe, com toda força que me restava.

— Cuidado! — Gritou James. O galho passou a um centímetro da cabeça de Fernando, que, num salto, tomou posição de ataque.

— Ficou louco?! O que você está fazendo?

— Eu é que pergunto: o que vocês estão fazendo aqui?

— Como assim o que nós estamos fazendo aqui? Estamos...

Fez-se um silêncio. Antes mesmo de completar a frase, Nando percebeu o ocorrido. Olhou para James e juntos exclamaram:

— Voltamos ao ponto de partida.

— Sim, ao ponto de partida. Isso significa que mais uma vez perdemos a trilha do bandido — completou Nino.

— Não é possível! Ele tem que estar por aqui. Não cruzou a clareira, disso tenho certeza. Não encontramos nenhum rastro, nada, nada. Então, só pode estar num único lugar.

— Na clareira! — respondemos todos.

Nosso tempo estava se esgotando. Tínhamos que agir rápido. James olhava fixamente para a copa das árvores. Os raios do Sol pouco penetravam naquele universo verde. Marcos deixou seu corpo escorregar pelo tronco da grande árvore e estatelou-se no chão, como se dissesse: não saio mais daqui. Suas pernas não sustentavam mais o peso do seu corpo. Todos nos sentamos, exceto James, que caminhava para lá e para cá, tentando achar uma saída.

— Temos que voltar — sugeri.

James olhou o relógio. Caminhou até a divisa da clareira e voltou. Sua fisionomia era séria. O cansaço expunha novos traços em seu rosto.

— Vou atravessar! — decidiu.

— O quê?

— Vou atravessar a clareira. Não teremos outra chance, entendem?

— Ficou louco? — interferiu Nino. — Não vou permitir!

— Temos que voltar — insisti. — Vamos voltar à fazenda, relatamos tudo que está acontecendo, pedimos ajuda, e amanhã retomamos a procura a partir deste ponto. É muito mais seguro e sensato.

— Não nos deixarão voltar, entende? A chave do mistério está aqui, tenho certeza. Não posso obrigar ninguém a vir comigo, no entanto, não posso desistir agora. Dê-me alguns minutos. Farei uma única tentativa, prometo.

Nando levantou-se e intercedeu:

— Vou com você. Uma única tentativa, combinado? Seja qual for o resultado, voltamos daqui.

James concordou, esboçando um sorriso.

— Uma única tentativa. Combinado? — completou Nino, integrando o grupo. Marcos levantou-se. Apoiou suas toneladas em meu ombro e concordou:

— Uma única tentativa! Vocês querem mesmo é me matar.

Não me restou outra alternativa a não ser juntar-me novamente ao grupo.

UM DESERTO NA MONTANHA

Mal havia me integrado novamente ao grupo, quando James colocou em prática outra das suas grandes ideias:

— Vamos arrancar alguns galhos das árvores mais baixas, com bastante folhas, para nos protegermos do Sol. Ficaremos bem próximos um do outro, assim compartilhamos a sombra e aumentamos a proteção. Mantenham os olhos semiabertos e protejam o rosto com as folhas, evitando olhar diretamente para o chão. Caminharemos devagar, seguindo as pegadas do Alado. Ao primeiro sinal de problemas, retornamos ao ponto de partida. Tudo bem?

— Vamos sinalizar este ponto — sugeriu Fernando, amarrando um lenço em um arbusto.

Após prepararmos nossa proteção, caminhamos lentamente em direção à clareira, adaptando-nos o melhor possível àquela situação. James tomou a dianteira e corajosamente liderou o grupo. À medida que avançávamos, o calor aumentava e sentíamos queimar a sola dos pés. Era como andar descalço no calçadão da cidade, ao meio-dia.

À sombra da galhada que nos protegia, podíamos ver o branco da areia que cobria toda extensão da clareira. Impressionantemente fina e quente, aquela areia, aos poucos, aguçava ainda mais nossa curiosidade, ao ponto de nos abaixarmos para poder tocá-la.

Na palma da mão, escorria como se fosse água.

Havíamos caminhado uns vinte metros clareira à dentro, quando James exclamou:

— Eu sabia! Eu sabia!

— Sabia o quê, James?

— As pegadas, Nando. Como as do celeiro, quando o Alado fugiu, sumiram. À medida que avançamos, ficam menos visíveis até sumirem por completo.

— Sumiram? Como? — perguntamos. — Não há outra saída deste lugar. Ele tem que estar por aqui!

— Há uma outra saída — afirmou James.

Olhamos fixamente para o rosto de James, encoberto pelas folhas dos arbustos, buscando uma explicação. Com o indicador esquerdo, gesticulou várias vezes, mostrando o céu.

— Uma única saída. Única! — confirmou.

Pasmos, ficamos inertes por instantes. Impossível acreditar no óbvio. Porém havia realmente uma única saída. Única. Pelo alto.

Vencidos pelo calor e pelo cansaço, retornamos à mata. O silêncio era absoluto. Ninguém arriscava dizer nada, nenhuma palavra, embora olhássemos constantemente para o Nino, como se ele pudesse nos dar a resposta que precisávamos ouvir. Há anos convivia diariamente com o animal, impossível não ter uma explicação. Nino permanecia calado, e com a mão direita, percorria o cordão de couro pendurado no pescoço.

Marcos foi o primeiro a deixar-se cair pelo chão. O silêncio imperava, quebrado somente pelo ruído da relva amassada pelo peso do nosso corpo. Ficamos assim por minutos, até que o terror tomou conta dos meus olhos. A garganta seca engolia mais uma vez a saliva do medo. Gritava, mas o som não saía. Levantei-me devagar. As pernas quase não respondiam ao meu comando. Nino olhou na direção dos meus olhos e apavorou-se. Instintivamente o medo espalhou-se pelo grupo.

Um rosnado longo e forte rompeu os confins da mata. Estávamos encurralados. Havíamos invadido um território proibido, onde a lei era a do mais forte. Uma matilha preparava-se para o jantar.

Marcos balbuciava algumas palavras:

— O que é isso, James? O que é isso?

— Silêncio! Fiquem calados. Calma. Não façam nenhum movimento brusco e não desviem o olhar das feras. Olhem bem nos olhos deles e não demonstrem medo. Nada de medo. Estes lobos parecem estar famintos.

— Estamos encurralados, James.

— Ainda não, Nino. Temos a clareira para fugir. Mantenham a calma. Eles não cruzarão a clareira, apostem nisso. Apostem nisso.

Sem desviar os olhos da matilha, suavemente, James abaixou-se e apanhou o galho que o protegia do Sol, quando entramos na clareira. Imitamos seu gesto, sem questionar. Passo a passo, sem desviar os olhos da matilha, retornamos à clareira, caminhando lentamente, de costas. Rosnando, a matilha foi apertando o cerco, preparando o ataque final. James assumiu novamente o comando:

— Fiquem juntos. O chefe da matilha deve ser o do meio. É dele que parte o comando. Preparem-se para correr. Vamos atravessar a clareira, isso nos dará uma boa vantagem em relação à matilha. A claridade e o calor devem afugentá-los da mesma forma que aconteceu conosco. Vamos conseguir, mantenham a calma. Quando eu atirar o galho em direção ao lobo, corram, corram.

James esperou até o último segundo. Os olhos das feras cuspiam fogo. Caminhavam passo a passo em nossa direção. O bote estava preparado. As patas dianteiras cravaram-se no chão. A cabeça flexionou-se, mantendo os olhos fixos em suas presas. Quando o chefe da matilha saltou em cima de nós, James soltou um grito e atirou o galho em sua direção, acertando em cheio o alvo, na cabeça. Sem comando, a matilha titubeou por um instante, proporcionando nossa fuga.

— Corram, corram! — gritava James, enquanto avançávamos sobre a areia quente da clareira.

O medo nos fez fortes. Atravessamos a clareira de olhos fechados sem ao menos nos darmos conta do quanto era quente, e nos embrenhamos mata à dentro. Corremos a esmo, seguindo um único instinto: sobrevivência. Para trás ficaram nossas pegadas na areia quente, as cordas e os apetrechos que havíamos apanhado no paiol e a certeza de que poderíamos voltar em paz para casa.

A cada passo tínhamos a impressão de que seríamos alcançados pela matilha, e nos superávamos em nossas forças, até alcançarmos as margens de um pequeno riacho que cortava a mata e refletia o céu em suas águas.

Caímos por terra e a exaustão nos fez adormecer por horas a fio. Logo acima, uma rocha estancava o leito do pequeno riacho, dando vida a uma belíssima cachoeira.

No infinito, um monomotor cortava as nuvens em direção ao campo de pouso da fazenda.

O INFORTÚNIO DE CLARA

Max não esquecia a cena que presenciara na sala. Não! Aquele decididamente não era o Aldo que conhecera: incapaz de qualquer ato impensado. Com certeza, a vida lhe pregara uma peça e mostrava que a perfeita máquina humana não é mesmo dona de si. Embora a vida seja reflexo de nossas escolhas, é logicamente impossível prever o segundo seguinte de nossa existência. O momento presente! Este é o único instante da nossa vida que nos pertence. E era ali, naquele pequeno espaço de tempo, que ele poderia fazer a diferença.

Na cozinha, Branca e Noemi mantinham-se em silêncio, preparando uma salada de frutas. Helena, no quarto, tomava todas as medidas possíveis para amenizar o impacto provocado pelo acontecido com Aldo. A experiência adquirida ao longo da vida, somada à sua fé e ao amor dedicado ao marido, dava-lhe a tranquilidade suficiente para restaurar a harmonia e o equilíbrio ao ambiente, enquanto providências mais sérias pudessem ser tomadas. Aldo dormia.

O domador não se tranquilizava. Sabia que alguma coisa precisava ser feita com urgência. Não podia mais esperar. Tinha que retornar à sede da fazenda e comunicar o fato ao doutor Gomes, para que pudessem tomar as providências cabíveis. Comunicou Branca, que prontamente o apoiou em sua decisão. Tomou o chapéu nas mãos e irrompeu porta a fora, sendo surpreendido por uma gritaria infernal: Clara havia descoberto o esconderijo de Humberto. A equipe responsável pela captura havia ganhado um reforço e mostrava seu primeiro resultado positivo. A menina estava eufórica com a sorte da descoberta, enquanto Beto se apresentava todo molhado de suor. A longa espera no esconderijo o deixara impaciente. Preocupado com os colegas que se aventuravam pelo portal da trilha proibida, foi logo entregando o jogo, pressionado pelas dezenas de perguntas que caíam sobre sua cabeça.

Max ficou enfurecido. Nino e Fernando conheciam muito bem as regras da fazenda e de maneira alguma poderiam se aventurar daquela maneira. Principalmente em companhia de pessoas inexperientes como os garotos da cidade, colocando em risco a segurança de todos. A brincadeira terminava ali. Todos se sentiram responsáveis pela atitude equívoca e premeditada da equipe que se escondia.

O domador estava dividido. Não sabia se solicitava socorro para Aldo ou se partia em busca dos garotos. Entrou na caminhonete e rumou para a colônia: era preciso encontrar ajuda.

A euforia de Clara se transformara num pesadelo. Isolou-se no canto da varanda e chorou. Jamais poderia se imaginar tão aflita por uma pessoa quase desconhecida. A imagem do menino no topo do celeiro não lhe saía da cabeça. O perfume das flores do campo invadira seu olfato, enquanto a saudade apertava seu pequeno coração.

SMITH RETORNA À FAZENDA

Ao perceber a chegada da pequena aeronave, Gomes tomou em suas mãos as amostras requeridas por Smith e rumou para o campo de pouso, acelerando ao máximo o jipe traçado nas quatro rodas. Cada segundo poderia custar uma vida. Marks Smith e sua equipe já haviam desembarcado e enquanto o aguardavam, montaram próximo ao avião uma pequena tenda que serviria como base de apoio às operações. O local escolhido, longe da sede da fazenda, era proposital: precisavam conciliar imunidade para a equipe e agilidade entre a coleta dos materiais e os testes a serem executados.

Marks abraçou Gomes com saudades. Os longos anos longe daquela realidade, embora os tivesse levado a caminhos paralelos, nunca os havia oportunizado um encontro. Bastou estarem juntos por um instante, para que os laços construídos no passado se restaurassem. Abraçar Gomes era como abraçar o velho amigo Otto, que para sempre estará vivo em sua memória.

De posse das amostras, a equipe do pesquisador iniciou imediatamente os testes.

Somente um auxiliar acompanhou Smith até os celeiros onde estavam os animais. Vera os recebeu com alívio na alma. Enquanto inspecionavam as instalações do celeiro, Vera os orientava quanto à saúde e às baixas dos animais. Smith indagou sobre cada uma das pessoas com as quais haviam mantido contato nas últimas vinte e quatro horas e pode constatar que não havia perigo eminente de contágio. Embora precisassem aguardar os resultados dos exames para detectar a verdadeira causa do problema, uma coisa era certa: a infecção involuntária dos animais provinha da ração. Não obstante a presença de Smith, Gertrudes, a avestruz, perdia a batalha pela vida. Indignado, Marks determinou que Gordon, seu assistente, permanecesse no local, enquanto ele e Gomes retornariam à base de apoio, na tentativa de agilizarem os resultados. Mil conjecturas surgiam em sua mente, enquanto o jipe cortava o caminho de volta. Onde erramos? Indagava-se. Onde erramos?

INFERNO E FOGO

Jonatas já havia terminado sua missão junto às famílias dos colonos quando Max o encontrou. Colocado em sintonia com os últimos acontecimentos, formou rapidamente uma comitiva que, a cavalo, seguiu com o domador ao portal da trilha enquanto que ele, de caminhonete, rumou para a sede da fazenda. A tarde se punha. Tudo agora era uma questão de vencer o tempo.

Smith e Gomes chegavam à base de apoio de operações no mesmo instante em que Jonatas chegava à sede da fazenda portando notícias sobre a saúde do Tio Aldo e a fuga dos meninos para o campo de girassol e a comitiva de colonos, chefiada por Max, avistava o desolador cenário do portal da trilha proibida.

O inferno estava instaurado.

À medida que Smith fazia a leitura dos resultados das análises efetuadas nas amostras de águas coletadas nos riachos que banhavam a fazenda e as comparava com as análises das ramas de girassol, percebia uma grande semelhança na perda de características químicas de ambas.

Equiparadas com os esboços dos projetos de alteração genética elaborados por ele e Otto Würth por ocasião do desenvolvimento das sementes geneticamente modificadas de girassol, pôde detectar com exatidão a causa da decomposição acelerada do material genético e por consequência a razão da contaminação da ração animal.

Enrubescido, expôs aos colegas o grande erro cometido:

— Quando do desenvolvimento das sementes de girassol geneticamente modificadas, utilizamos todo material coletado aqui na fazenda. Todo estudo foi efetuado levando em consideração o clima ótimo do lugar e as vantajosas características da composição solar e da irrigação do subsolo, por meio das excelentes condições do lençol freático e dos riachos que banham a região. No entanto, houve uma mudança bastante radical na composição solar e nas propriedades químicas da água, deixando transparecer uma gama altíssima de metais pesados que modificaram o metabolismo da planta, acelerando em muito sua decomposição. Por sua vez, o girassol adicionado na ração elevou a decomposição do produto ao ponto de não ser aceito pelo metabolismo animal, provocando a morte de seus órgãos vitais.

— Estou pasmo, Marks. Isso indica que todo animal que consumiu a ração infectada está condenado à morte?

— Existe, creio eu, uma única chance de vida para esses animais: o soro vegetal desenvolvido pelo amigo Otto. Creio ser essa a chance que temos de reverter a situação. A única chance.

— Sinto lhe dizer, caro Smith, que essa chance não existe. Usamos no tigre toda dosagem disponível do soro. Não restou uma gota sequer.

Marks não se deu por vencido. Essa não era uma das suas características. Pensou por um momento. Caminhou por entre os equipamentos espalhados pelo chão da base de apoio, sentando-se em seguida. Apanhou seus escritos e os examinou em silêncio.

— Ainda temos o tigre! — exclamou.

— E daí, ficou louco?

— Não, Gomes, não estou louco. Podemos usar o sangue do animal. Com certeza, com os equipamentos que dispomos, conseguiremos isolar rapidamente o material que precisamos em sua corrente sanguínea e restaurar o soro. É uma questão de tempo, meu amigo. Precisamos ser ágeis.

A equipe de Marks não demorou. Levantou acampamento e rumou por inteira para a sede da fazenda onde Bonga, a macaca, agonizava em seus últimos suspiros de vida.

Gomes comunicou Vera sobre os resultados dos exames e foi informado de imediato sobre a saúde de Aldo.

Visto que a quarentena imposta aos colonos não se fazia necessária, todos se colocaram à disposição imediata para engrossarem a comitiva que saíra em busca do Nino e seus amigos e para o trabalho imediato no celeiro dos animais. A única recomendação era a de não se ter, em hipótese alguma, qualquer contato direto com a ração ou com a planta em decomposição.

Aquiles não pensou duas vezes. Enquanto a equipe do doutor Marks Smith, auxiliada por vários colonos, assumia em definitivo o trabalho à frente dos animais, ele, Vera e Gomes, após uma assepsia geral, rumaram para a sede velha da fazenda.

Jonatas chefiava agora a segunda comitiva que, ainda na camioneta, amarraram lenços por sobre as narinas e desciam no encalço de Max, encontrando-o próximo ao paiol que ficava nas imediações do portal da trilha proibida. Juntos, invadiram o local à procura dos garotos.

Um forte estampido no horizonte assinalava os ponteiros do relógio: cinco horas. As nuvens escuras, assopradas com furor pelo vento, tomavam de surpresa o topo das montanhas.

Um segundo estampido tomou o céu. Os animais amarrados no meio da mata, usados para a fuga dos meninos, desesperaram-se, entregando à comitiva a primeira pista sobre o paradeiro de seus cavaleiros. O perigo rondava o céu que despejava sobre a mata, em forma de raios, toda sua fúria. Uma descarga partiu ao meio a árvore azul. Tombada, derramou fogo em forma de lágrimas, deixando-se queimar. As chamas se alastraram violentamente sobre a mata baixa, atingindo a plantação de girassol que mais parecia um celeiro de pólvora. A comitiva recuou. Era humanamente impossível lutar contra aquela cortina de fumaça e fogo. A única esperança era que de onde partira a chama, pudesse partir também o único remédio para aquela chaga: a chuva.

O coração de Max queimava junto com a mata. De joelhos sobre a terra quente, uma oração sofrida brotava de seus lábios, acompanhada por todos os colonos que o auxiliavam:

— Pai, protegei nossos filhos. Dai-nos a oportunidade e a graça de revê-los são e salvos. Salvai-os, assim como todas as pessoas e os animais que habitam este lugar, protegendo-nos agora e para sempre. Amém.

PÂNICO NA FLORESTA

O céu estava escuro quando Nando abriu os olhos. Um vento forte dobrava a copa das árvores e um estrondo no horizonte descrevia a tempestade que chegava. Os raios, refletidos nas águas do riacho, iluminavam uma cena de guerra: corpos exaustos atirados ao chão.

Deitado sobre a relva, Nando arrastou-se às margens do riacho e bebeu da límpida água. Arrancou a camisa e amarrando suas extremidades, mergulhou-a. Tomando nas mãos o pequeno balde improvisado, molhou nossas cabeças, acordando-nos.

— Vamos! Vamos! Temos que achar um lugar para nos protegermos. Tem uma tempestade a caminho.

Outro estrondo soou mais próximo, acompanhado de uma sequência de raios que cortavam o céu escuro.

— Onde estamos? — perguntei.

— Não faço a mínima ideia — confirmou Nino, olhando à nossa volta.

— Onde está o Marcos?

— Ele estava com você — apontou-me James.

— *Marcos! Marcos!* — chamamos a esmo, sem obtermos resposta.

O barulho do vento sobre a mata era ensurdecedor. Gritávamos uns com os outros, tentando entender o que acontecera com nosso companheiro. O desespero espalhava-se e fazia com que o medo nos tirasse a linha da razão.

— Temos que voltar! Temos que voltar! — gritava Nino, apontando para o coração da mata, enquanto continuávamos a chamar pelo companheiro.

— Não podemos voltar agora! — comandou James. — Temos que esperar a tempestade passar, é muito arriscado. Muito perigoso!

Um novo clarão cortou o céu, anunciado por um trovão que explodiu logo acima das nossas cabeças. Um raio atingiu a mata e o vento forte assoprou a faísca. O fogo se levantou a favor do vento que soprava contra nós, colina acima.

— Fogo! Fogo! — gritei com todas as minhas forças. — A mata está em chamas, temos que sair daqui!

Entrei em pânico. A imagem do amigo Marcos correndo entre as árvores em chamas, gritando por socorro, apoderou-se de minha mente. Corri em direção à mata em chamas, gritando pelo amigo.

Nando cortou meu caminho e, num esforço descomunal, agarrando-me pela cintura, levantou-me no ar.

— Não há nada a fazer agora pelo Marcos. Temos que nos proteger. Venha, agora!

Arrastado pelos colegas, subimos a montanha proibida acompanhando o leito do rio, na esperança de encontrarmos um abrigo. O som de árvores sendo torcidas e arrancadas pelo vento era aterrorizador. Nunca tive tanto medo. Atrás de nós, a mata ardia em chamas e colocava em risco nossa vida e a de Marcos.

O epicentro do pesadelo demorou poucos minutos, no entanto, parecia uma eternidade.

Não tardou e o Sol mostrou novamente seus raios por entre as nuvens que se dissipavam com o vento. E pela segunda vez, a chuva das cinco não aconteceu.

— Não sei o que é pior: tempestade, chuva e frio, ou vento, fogo e fumaça — comentou Nino.

— Poderia ter chovido — retruquei. — Assim apagaria o fogo e poderíamos voltar para procurar o Marcos. E este vento esparrama fogo e fumaça pra todo lado. Daqui a pouco a floresta inteira estará em chamas.

— Vamos voltar! — gritou James. — Vamos voltar e procurar o Marcos.

— É suicídio — respondeu Nando, colocando-se entre James e eu.

— Tive uma ideia! — gritou Nino, correndo em direção a uma rocha que se impunha à beira do riacho.

Subiu, e como fazia na cumeeira do celeiro, abriu os braços, sentindo na alma a direção a seguir. Ficou assim por um instante. Virou-se a favor do vento e num ritual de sabedoria e graça soou o apito que trazia pendurado no pescoço.

Como uma cortina, as nuvens se abriram deixando passar um foco de luz. O Sol o iluminou, como se fosse um ser único na face da terra. E ali ele ficou, de braços abertos, até se ouvir no infinito um pio estridente. Era Guiga, que num voo de mergulho, surgindo do nada, pousou nos braços do companheiro. Nino acariciou-a e virando-se em direção **à** mata, arremessou-a no ar.

A águia tomou o céu e contra o próprio instinto de sobrevivência, por entre as nuvens de fumaça, se aventurou. Sobre a rocha, de braços abertos, Nino voava a favor do vento. Soou novamente o apito e um outro pio rompeu a mata, próximo de nós.

Instantes depois, Guiga sobrevoava nossas cabeças, em voos rasantes, mostrando-nos o caminho a seguir. Nino gritava de alegria:

— Isso, garota! Isso! Mostra o caminho, mostra o caminho!

Pulávamos de alegria. Nossos corações estavam na garganta. Corríamos por entre as árvores, abrindo caminho no peito, como se conhecêssemos há anos o lugar. O calor e a fumaça ardiam nossos olhos e impediam nossa respiração. Rasgamos a barra das calças e as usamos como máscaras. O pio da águia nos orientou até que pudéssemos encontrar o garoto, desmaiado no chão. Sob seu corpo, o cantil reservava-lhe um último gole de água.

James e Nando o apoiaram no tronco de uma árvore e derramaram a água sobre sua cabeça, enquanto o abanávamos com galhos e folhas, para que pudesse recobrar os sentidos e a respiração.

Cambaleando, apoiado entre os ombros dos amigos, Marcos ergueu-se e, esforçando-se, caminhou. O instinto nos fez retornar ao leito do riacho, onde ainda podíamos respirar um pouco melhor. Como animais, nos atiramos em suas águas e lá ficamos, em silêncio, restaurando nossas forças, como se isso nos fosse possível.

O fogo corria morro acima, como se quisesse nos encurralar.

Um pensamento aterrorizou-me: a matilha. Caso tivessem cruzado a linha da clareira, poderiam estar atrás de nós. Apressei-me em sugerir que continuássemos a caminhada.

De todos nós, Marcos era o que mais sentia o peso do cansaço e da fome. Pesado e acostumado a manter o estômago sempre cheio, perdia a razão e os sentidos quando passava muito tempo sem se alimentar. A dificuldade em respirar, devido à fumaça, agravava ainda mais o quadro que já era preocupante.

Abastecemos o único cantil que restou e tomamos a margem do riacho, rumo ao topo da montanha. Guiga, a águia, era agora a nossa guia.

A noite caía e não tínhamos como parar. O fogo se alastrava e a falta de oxigênio parecia tirar-nos os sentidos. Molhávamos o corpo e a cabeça constantemente nas águas do riacho, tentando manter a lucidez. Para cada hora de caminhada, parávamos uns dez minutos para restaurar o fôlego. No entanto, a cada intervalo caminhávamos menos. Assim foi por toda a noite.

A madrugada morria quando nos deparamos com a nascente do rio. Um paredão de pedras erguia-se à nossa frente, imponente e intransponível. Não tínhamos saída: o caminho era mata à dentro.

— Vamos repousar aqui — comandou James, que há horas não falava nada.

— O dia não demora. Pela manhã, com a claridade, poderemos achar um outro caminho — sugeri, tentando motivar os companheiros.

— Estou com fome! Preciso comer — resmungou Marcos, entre os dentes.

Nino abasteceu o cantil com água fresca e o fez beber.

— Pela manhã comeremos, meu amigo. Pela manhã comeremos. Guiga irá caçar e nos dará o que comer.

— Estou tremendo de fome. Com muita fome!

— Tome a água e procure dormir um pouco. Vai se sentir melhor.

Marcos demorou a adormecer. Depois, a fome provocou-lhe pesadelos. Suava frio e, mesmo dormindo, clamava por comida, tossindo e contorcendo-se o tempo todo.

Minutos depois, caídos por terra, adormecemos.

UM SILÊNCIO ETERNO

Gomes alcançou a casa velha no mesmo instante em que a tempestade tomava seu auge. O momento era de apreensão e medo. Na sala, Branca acompanhava Noemi, que tentava acalmar os jovens recitando o terço. No quarto, de joelhos aos pés da cama, Helena meditava com o rosário cravado entre os dedos.

Gomes rumou direto para o quarto, enquanto Vera e Aquiles aguardaram no corredor. Embora fosse veterinário, Gomes sempre intercedeu pelos moradores da fazenda, encaminhando-os aos especialistas corretos, sempre que era preciso. A vida humana, como a de qualquer animal, lhe era muito cara. Esse respeito para com a criação dava-lhe a sensibilidade necessária para estabelecer procedimentos preventivos com muita exatidão e naturalidade.

Após uma serena conversa com Tia Nena e a coleta da pressão arterial de Aldo, constatou a gravidade do problema que, a seu ver, era irreversível: um derrame cerebral agudo. Tio Aldo tinha poucos minutos de vida.

Vera entrou no quarto acompanhada do filho. O silêncio valia mil palavras. Abraçou-se à Helena e ocultando o soluço, chorou.

Aquiles ajoelhou-se à cabeceira e, tomando por entre os dedos os cabelos brancos do Tio, beijou demoradamente sua fronte. Aos poucos, o silêncio espalhou-se pela casa. Um a um, dos que ali estavam, entraram no quarto, abraçaram Helena e, imitando o jovem rapaz, beijaram a fronte do velho guerreiro.

Helena inclinou-se sobre o leito e sussurrou ao ouvido do esposo:

— Não tenha medo, meu querido. O caminho é suave para quem ama. Nos encontraremos em breve. Em breve.

Um sorriso se estampou na fisionomia de Aldo. Seu último suspiro foi como o exalar de uma flor: suave, sereno e imperceptível aos olhos humanos. Somente as almas plenas puderam percebê-lo.

Aos poucos, o quarto foi se esvaziando. Helena olhou à sua volta, ajoelhou-se, e com o rosário entre os dedos agradeceu a Deus os momentos a mais que Ele lhe concedera.

A morte do companheiro baqueou seu corpo. No entanto, a alma se achegou ainda mais ao Criador. A vida lhe era muito valiosa. Talvez, por isso, tentava vivê-la tão intensamente. Foram mais de cinquenta anos de convivência, nos quais o amor e o respeito predominaram. Agora, a separação inevitável mostrava-lhe a vida por um novo prisma: a solidão das horas e um novo tempo de espera: eis um caminho que se abre, no qual os passos são lentos e o tempo consome os dias como se fossem anos, e os anos, como se fossem séculos.

Compenetrada em seus pensamentos, Tia Nena não percebeu a entrada de Clara no quarto. A menina ajoelhou-se e lhe abraçou a cintura, carinhosamente. Helena beijou-lhe os cabelos, e permaneceram ali, caladas, por alguns minutos. Ao levantar-se, a garota perguntou-lhe:

— A senhora está precisando de alguma coisa, Tia Nena?

— Não, querida. Muito obrigada.

— A senhora quer conversar um pouco? Minha mãe sempre diz que faz muito bem, quando estamos tristes.

— Mais uma vez, obrigada, meu anjo. Minha tristeza não é porque ele partiu. É por eu ter ficado só.

— Não é a mesma coisa? Quando gostamos de alguém não queremos que essa pessoa morra. Nunca! Perdi meu pai tão cedo, não quero que minha mãe morra.

— Minha querida. A morte parece às vezes uma coisa muito ruim. No entanto, não é. Ou pelo menos não deveria ser. Ela, a morte, é uma simples consequência da vida. Todos nós caminhamos, querendo ou não, em sua direção, desde o dia em que nascemos. O que precisamos é aprender a lidar com isso. Eu gostaria que Aldo ficasse ao meu lado até o último instante da minha vida. Todavia, essa não era a vontade de Deus para mim, neste momento. Quem sabe o dia de amanhã? É impossível saber. Talvez eu tenha ainda uma missão a cumprir aqui nesta Terra que não poderia ser realizada a dois. Existem coisas que só você pode realizar. Como também existem momentos em que necessitamos ficar um longo tempo sozinhos. E isso também é viver. Aliás, meu anjo, a vida nada mais é que uma longa viagem. O que precisamos realmente é decidir qual estrada queremos tomar: a do mundo ou a da santidade. Podemos fazer da nossa vida uma santa viagem. Basta escolhermos o caminho.

— Podemos ser santos aqui na Terra?

— Claro que sim, minha lindinha. Ser santo hoje é um pouco diferente do que era antigamente. Antes, as pessoas para serem santas, isolavam-se do mundo para poderem se aproximar de Deus. Elas acreditavam que para serem santas não poderiam se contaminar com as impurezas das outras pessoas. Hoje, alcançamos a santidade exatamente no meio delas.

— E não nos contaminamos com os pecados delas?

— Claro que não. Basta você permanecer fiel na sua escolha de Deus e praticar pequenos atos de amor, todos os dias. Devemos amar as pessoas, não seus pecados. Quando você ama verdadeiramente uma pessoa, e ela se sente amada, o amor vai e volta. Se essa pessoa é pecadora, e todos nós somos, o ato de amor praticado por você ensina essa pessoa a amar também. Aos poucos, todos à sua volta estarão praticando atos de amor. Assim, construímos um mundo melhor, ajudamos as outras pessoas a amarem e nos santificamos nelas, a cada dia. Fazemos da nossa viagem uma santa viagem.

— Obrigada, Tia Nena. Foi muito bom ouvir tudo isso da senhora. Eu estava triste porque o Tio Aldo partiu e agora o meu coração está em paz.

Helena sorriu. Beijou a testa de Clara e levantou-se. Aquela conversa também lhe fizera muito bem. Havia construído dentro de si uma sólida certeza: ainda havia muito a se fazer!

Gomes entrou no quarto e pediu permissão à Helena para que Vera e Aquiles tomassem todas as providências quanto ao funeral, enquanto que ele se encarregaria de dar a notícia ao Max e às comitivas. Helena sinalizou com a cabeça dando-lhe a permissão. Mal chegou à porta, foi abordado por Jonatas e outros dois colonos que traziam notícias do incêndio na mata e na plantação de girassol. Nem carecia. Bastava olhar em direção à montanha proibida e ver o mar de fumaça e fogo que se espalhava.

Mais uma vez o desespero assolou aquela casa. Os últimos acontecimentos abalaram por demais aquelas pessoas. Agora, jovens colocaram suas vidas em risco por um pequeno ato impensado que poderia se transformar numa grande catástrofe.

Vera e Noemi abraçaram-se à Branca, na tentativa de acalmá-la e restaurar sua confiança. Em minutos, todos estavam de joelhos, entregando a Deus a guarda daqueles jovens e pedindo a tão abençoada chuva — única chance de sobrevivência.

Gomes não pensou duas vezes. Antes de juntar-se ao Max, despachou Jonatas e os colonos à sede da fazenda para comunicarem o Doutor Smith e aos outros sobre o que acontecia e, ao mesmo tempo, trazerem todas as motoserras, enxadas, foices e utensílios que pudessem ajudar no combate ao fogo. Sabia da missão quase impossível, no entanto, precisava pelo menos controlá-lo.

Aquiles resolveu ficar com a mãe, preparando o velório do amado tio e apoiando no que fosse preciso, enquanto que a noite se alastrava como um véu negro sobre a mata e deixava ainda mais vivas as chamas que a consumia.

Aos pés da montanha, dezenas de pessoas derrubavam árvores e faziam leiras de terra, tentando evitar que o fogo se alastrasse ainda mais. Tudo era engolido pelas chamas que trilhavam morro acima. Exaustos, renderam-se ao fronte do inimigo que cercava a montanha, impedindo qualquer acesso aos jovens que lutavam bravamente pela vida.

O ASSASSINATO DE GUIGA

O Sol da manhã escondia-se sobre a espessa cortina de fumaça. Acordei com a garganta irritada, tossindo e com dor de cabeça. Mal conseguia levantar-me. O vazio do estômago e a grande quantidade de fumaça inalada começavam a provocar tonturas e ânsia de vômito. Permaneci deitado.

Em pé, na beira do riacho, Nino contemplava o amanhecer cinzento enquanto pensava em uma saída. Em seu ombro esquerdo, Guiga completava a ofuscada paisagem, enquanto a mata continuava a queimar. James e Nando, entre uma tossida e outra, ainda dormiam, poucos metros acima. Ao meu lado, Marcos contorcia-se e gemia. Fechei os olhos e tentei descansar mais um pouco. De repente, Marcos calou-se. A respiração ofuscante deu lugar a um profundo suspiro. Em silêncio, levantou-se, e sem apoiar-se em nada, com as mãos estendidas à frente, caminhou em linha reta na direção em que Nino estava. Ergui a cabeça e o segui com os olhos.

O aproximar-se do menino foi logo percebido pelo pássaro que virou-se, e o reconhecendo, permaneceu quieto. Marcos pronunciou uma só palavra: comida; e agarrando a águia, torceu-lhe o pescoço, tentando arrancá-la da espádua amiga. Guiga travou as garras no ombro de Nino, deixando exposto os veios de sangue que se romperam. Suas garras afiadas penetraram-lhe a carne magra e foram urdir em seus ossos. A velha águia lutou inutilmente pela vida, enquanto seu sangue se misturava ao do amigo e manchava de vermelho o leito do rio. Horrorizado, gritei, com todas as forças que ainda me restavam, enquanto Guiga e Nino tombavam aos pés do agressor.

Estático, Marcos olhava o vermelho que lhe escorria pelas mãos. Acordado pelo grito, o garoto caiu em si, e esturrando os olhos irritados pela fumaça, entrou em pânico. Nando foi o primeiro a cair sobre ele. James hesitou por um instante, pois não acreditava no que estava vendo acontecer. Levantei-me e atordoado não consegui empreender dois passos. Despenquei sobre a relva repleta de fuligem, perdendo os sentidos. Quando acordei, Nando segurava as pernas do Nino enquanto James tentava arrancar as garras da águia que ainda estavam cravadas no ombro do amigo, que desmaiara de dor, pela terceira vez. Não tínhamos nada com que se pudesse estancar o sangue, a não ser as camisas que constantemente lavávamos na transparente água do riacho e usávamos como ataduras e estanque no ferimento.

Marcos estava em transe. Olhava fixamente para lugar algum, sem ao menos piscar. Depressivo e inconformado, chorava sem parar, mantendo-se sentado à beira do córrego, incomunicável, com uma camisa molhada sobre a cabeça.

O fogo havia tomado as margens do rio e o inferno vermelho tombava por sobre a vegetação ribeirinha, fortalecendo ainda mais a cortina de fumaça que nos cobria. Tínhamos que continuar a caminhada ou morreríamos asfixiados. Não tínhamos escolha. O medo nos fazia agir mais pelo instinto que pela razão.

Com alguns galhos, cavamos a terra arenosa da beira do riacho, e numa pequena cova, entre lágrimas e soluços, depositamos o corpo sem vida da inseparável companheira do Nino. Improvisamos uma pequena maca, onde alojamos o ferido, para que pudéssemos transportá-lo. Todo cuidado era pouco, o sangue ainda vertia de suas veias e esparramava-se pelo ferimento. Nino mantinha-se calado, entregando-se ao nada. Deixava escapar-lhe a vida como se fosse um objeto sem valor. De olhos fechados, sua alma voava por sobre a mata e ganhava o infinito, onde Guiga o esperava para o último voo. Aproximei-me e toquei seu rosto. Arlindo abriu os olhos avermelhados e esboçou num sorriso um triste pedido de socorro. Com esforço, tomou o apito que carregava em seu pescoço e sinalizou para que eu me abaixasse, colocando-o em mim. Fechou novamente os olhos e calou-os. Caminhei alguns metros e parei. Uma estranha sensação tomou meu corpo. Passei as mãos pela tira de couro e levando o apito à boca, assoprei-o. Um vazio imenso invadiu minha alma: Guiga não estava mais entre nós.

Tomando a maca nas mãos, sem dizer uma só palavra, Nando e James levantaram acampamento, rumo ao topo da montanha. Marcos os seguia. Em seus devaneios, já não sentia o calor, a fumaça ou a fome. O menino definhava, enquanto seus olhos lacrimejavam e a garganta, invadida pela fuligem e fumaça, deixava-se ferir. Na retaguarda, eu rezava, consumindo as últimas arestas de força.

Seguíamos a encosta da nascente, tentando um jeito de contorná-la. A vastidão do verde emergia à nossa frente e a sede pela vida nos mantinha em pé. Na mente, a oração me permitia um único pensamento: “por Deus, vamos conseguir! Vamos conseguir!”.

A mata fechada e o terreno íngreme nos obrigaram a mudar a direção e a nos revezarmos no transporte da maca. Marcos e eu íamos à frente. Caminhávamos agora em diagonal, quase nos arrastando, no sentido nordeste. Abríamos caminho amassando a vegetação com um pedaço de pau. Tossíamos muito e as camisas manchadas de sangue protegiam agora nossas cabeças, deixando o tórax exposto aos galhos e espinhos. Perdemos a noção do tempo. Somente o instinto nos levava a algum lugar.

O MILAGRE DA CURA

Smith não pregara os olhos durante toda a noite. Não bastasse a tempestade de acontecimentos daquele dia, ainda roubava-lhe o sono a morte de Aldo e os pensamentos sobre a aventura malsucedida dos rapazes. Sobrevoara várias vezes aquelas matas em companhia de Otto e sabia quais eram as reais chances de sobrevivência naquelas condições. Tentava não pensar, mas era impossível. A adrenalina acumulada em seu sangue o excitava para a vida, num ritmo alucinado que ele mesmo não podia controlar.

Shirra, a chimpanzé, não resistira. Fechava a lista de baixas, entre os animais do celeiro: foram dez. Sobre a mesa improvisada, uma dose do antídoto restaurado perdia sua validade: quatro horas. Devido à demora entre o momento da aplicação do antídoto no tigre e a coleta do sangue, perdeu-se em muito suas características, fazendo com que a restauração tivesse um curto período de aproveitamento. No entanto, com exceção de Shirra, todos os outros animais estavam vacinados e apresentaram em poucas horas as primeiras evoluções: a letargia da contaminação era eminente. A experiência montava um resultado surpreendente. Agora era só esperar pela recuperação total dos animais e deixar que a vida tomasse novamente seu ritmo normal.

Pela manhã, após prestar suas homenagens ao velho guerreiro, incorporaria outra frente de batalha, na tentativa de localizar os garotos, sobrevoando mais uma vez a montanha proibida. Devia isso ao velho amigo Otto.

ENCONTRANDO ALADO

A tarde se fazia presente, quando um relinchar me fez recobrar os sentidos. O cavalo anunciava ao vento a nossa presença. Corria como louco, percorrendo de norte a sul o gramado coberto de tisne e fumaça. O barulho parecia estourar meus tímpanos. Era como se tudo estivesse solto dentro da minha cabeça. Não fazia nem ideia de quanto tempo estávamos ali: uma lacuna enorme que se abria em meio à mata fechada, onde a fumaça canalizada tomava o céu e a fuligem cobria o chão.

Um novo relinchar, agora bem próximo de nós, direcionou meu olhar para o vulto que não cansava de empinar-se à nossa frente. Não conseguia me mover. Somente a cabeça seguia o movimento do animal, que insistia em nos denunciar ruidosamente. A boca seca deixava a língua tocar o chão, por sobre os lábios partidos, cheios de ferida. O animal afugentou-se, retornando pouco depois. Aos trancos, arrastou algo com a boca e o depositou ao meu lado. Meus olhos tentavam decifrar aquela sombra. O pouco que consegui erguer a cabeça deixou-me ver um rosto desconhecido e desfigurado de um homem.

Novamente, o vulto negro empinou-se à nossa frente e relinchou várias vezes, permanecendo ali. Levantei novamente a cabeça e sentindo o mundo rodar, desfaleci.

O ENTERRO DO VELHO GUERREIRO

Gomes, Max e os colonos haviam retornado à sede velha da fazenda, onde o corpo do Tio Aldo era velado. Toda a colônia se fez presente nessa última homenagem ao velho guerreiro. Era nítida também a preocupação geral com os garotos que estavam encurralados na montanha. Haviam antecipado em duas horas o enterro, para que as equipes de busca pudessem retornar à mata, bem antes do entardecer.

A plantação de girassol estava dizimada. O estado avançado de decomposição de suas fibras permitiu que o fogo se alastrasse de maneira incontrolável. Somente um amontoado de cinzas e carvão testemunhavam o desastre ocorrido.

A mata ainda ardia em chamas, formando um semicírculo de fogo e fumaça.

A família Würth caminhava rumo ao pequeno cemitério da fazenda, onde repousavam Otto e seus pais. À frente, Helena carregava um ramalhete de flores do campo, em homenagem ao grande amor da sua vida. Gomes, Vera e Aquiles seguiam logo atrás, escoltados pelo doutor Marks Smith e sua equipe. Branca e Max caminhavam sós, amparando suas dores num rosário de pedras incolores. Noemi, rodeada pelos alunos, preparava um cântico de despedidas àquele que foi o primeiro a acreditar em sua metodologia de ensino: ensinar com exemplos de vida.

Em seguida, vinham os colonos. Carregavam o corpo, alternando-se com os familiares, recitando o terço. Clara seguia o cortejo, mantendo-se logo atrás da professora Vera. Não a perdia de vista, nem tampouco a deixava afastar-se demais. Seu pequeno coração dividia-se entre a tristeza da perda de um grande amigo — embora o tenha conhecido tão pouco — e a aflição em saber que seu primeiro amor, que também acabara de conhecer, ainda estava perdido na mata, colocando em risco a própria vida.

No chão, um ramo de margarida chamou-lhe a atenção. Abaixou-se e delicadamente o apanhou. As pétalas brancas da flor remeteram seus pensamentos para longe. O perfume invadiu sua alma, arrancando do seu peito um soluçar desenfreado e forte. Parou. Percebeu o lento caminhar das pessoas e deixou o cortejo se afastar. À sombra de uma pequena paineira, que margeava o caminho, depositou seu corpo e esperou. No seu íntimo, um pensamento repetia-se incessantemente: "não se apavore, Nino. Não se apavore. A chuva virá, sei que virá".

Perdida em seu mundo interior, a garota nem percebeu que o cortejo havia chegado ao fim. Correu até o túmulo de Aldo. Abaixou-se e beijou o ramo de margarida, depositando-o sobre o peito do amigo. Enxugou as lágrimas e, respirando fundo, confessou-lhe:

— Aprendi muito neste lugar, meu amigo. Jamais esquecerei cada momento vivido aqui. Nem as palavras, nem o carinho com o qual fui tratada, e tampouco as pessoas que conheci. Aqui eu aprendi a amar verdadeiramente. Aprendi também o quanto vale um pequeno gesto, em prol de qualquer pessoa que passa ao nosso lado. E olha, meu amigo: fiquei um tempão presa dentro de casa. Imagino o que não aprenderam meus amigos que tiveram a honra de compartilhar contigo e com a Tia Nena a maioria do tempo disponível. Levo em meu coração, além da saudade, uma bela lição extraída da sua convivência com sua esposa: não importa o que aconteça. A vida continua e há sempre muito ainda a ser feito. Siga seu caminho, meu amigo. E se por acaso você se encontrar com meu pai, manda um beijão para ele.

Levantando-se, Clara olhou para o horizonte onde duas águias cortavam o céu, arrastando atrás de si nuvens negras de uma forte chuva que não tardou a cair.

RESTAURANDO A VIDA

A chuva feria a terra com voracidade, e cada pingo que caía sobre mim parecia o cortar de uma navalha. Os ferimentos abertos por todo corpo deixavam-me sentir na alma o arder da carne. Todavia, a mata entoava um ruído novo e o som da água sobre suas folhas era bálsamo em suas chagas. O apito em meu pescoço inundava-se sob as águas que escorriam pelo chão. O fogo estava sendo apagado e a chuva lavava o céu e a terra. Mais uma vez o criador tomava em suas mãos a criatura e, com amor de mãe, nos dava outra chance. Levantei os olhos e em silêncio agradeci a vida que renascia.

James também recobrara os sentidos. Estávamos aos frangalhos. Há alguns metros atrás, Marcos permanecia desacordado, enquanto que Nino delirava em febre.

Um grito quebrou a sinfonia da chuva e fez com que o animal que estava próximo de nós saísse em disparada. Era Fernando, que ao abrir os olhos deparou-se com uma face desfigurada caída sobre seus braços. O susto o fez respirar bruscamente e engasgando, colocou para fora um tufo de fuligem que se alojara em suas vias respiratórias. A dor era intensa e o medo do desconhecido o colocou de joelhos sobre a grama molhada. Velozmente o cavalo se aproximou e inclinando-se nas patas traseiras, ergueu-se no ar e relinchou, dando a impressão de que iria esmagar meu companheiro.

Paralisado, Nando viu o animal repetir várias vezes os mesmos movimentos e o reconheceu: era o Alado. Ainda de joelhos, o garoto estendeu-lhe as mãos, permanecendo assim por alguns minutos. O animal, percebendo o ato de carinho, acalmou-se, e caminhando em círculos, aos poucos se aproximou tocando a cabeça nas mãos de Nando. O aconchego provocou lágrimas que, misturada à chuva, esvaía-se pelo chão. O cavalo entregou-se aos cuidados do companheiro, que usando-o como apoio, colocou-se em pé.

Seus olhos percorreram o local e uma imagem lhe veio imediatamente à cabeça. Deixou as pálpebras se fecharem e olhando para dentro de si, apontou com o dedo em várias direções como se sentisse a alma do lugar. As forças lhe faltavam, porém a emoção de estar ali o mantinha em pé. Parou e suavemente abriu os olhos. Ao longe, via-se um velho chalé envolto em sombras. A pouca luz vinha de seu interior e oscilava conforme o vento soprava.

Nando estremeceu. Um calafrio percorreu suas vísceras. Seus lábios, queimados pelo calor do fogo, gritaram:

— O sonho! Este é o lugar do meu sonho! Eu conheço este lugar, eu conheço este lugar! — O garoto abriu os braços, como Nino fazia, e, sentindo a chuva, ensaiou alguns passos, caindo novamente de joelhos aos pés do animal.

Aquela chuva era mesmo abençoada. Suas águas eram fonte de vida e rejuvenescimento. As forças pareciam renascer dentro de mim, embora o peso do corpo fosse ainda maior. James arrastou-se até o corpo do desconhecido e sentou-se ao seu lado. A face direita estava toda deformada. Cicatrizes profundas marcavam seus braços e o pescoço. Abriu-lhe a camisa e as marcas de queimaduras se estendiam por todo abdômen. Não estava morto, embora o pulso não fosse regular.

— O cavalo o arrastou até nós — informei-lhe.

— Como sabe disso? — indagou-me James.

— Eu os vi. Eram apenas vultos em meio à fumaça, mas eu os vi.

— Você deve estar variando de cansaço, como eu. Não devemos acreditar muito no que estamos vendo. Nem me lembro como vim parar aqui. Isso pode ser um sonho.

— Sonho ou não, tenho a impressão de estar vivo. Muito vivo. Vivinho da Silva!

A chuva continuou a cair, abençoadamente. Percebendo que havíamos recobrado os sentidos, Nando gritou:

— Há uma cabana mais à frente. Precisamos chegar lá.

E acariciando o animal, completou: este aqui é o Alado. O Alado! Ele vai nos ajudar. Precisamos arrastar a todos para dentro do chalé. Nós vamos conseguir, vamos conseguir!

— Sim, vamos conseguir! — repetíamos em voz alta. — Vamos conseguir!

Nando pendurou-se no pescoço do Alado e rumou para o chalé. Minutos depois, retornou com um pedaço de corda. A escuridão, trazida pelas nuvens, se espalhava pelo nosso pequeno universo. Exauridos, somente o sobrenatural era capaz de agir. Amarramos a maca à cintura do animal. James sentou-se ao lado de Nino e foram arrastados até a casa. Rolaram o garoto porta à dentro. Fizemos o mesmo com o Marcos e o desconhecido.

No interior do intrigante chalé, a lareira aquecia o ambiente, queimando os últimos vestígios de um pequeno tronco, colocado ali há horas. Deitados no chão, empurramos com os pés o outro tronco para as chamas da lareira, e vencidos pela exaustão, dormimos, enquanto misteriosamente o cavalo nos guardava.

O dia já se fazia tarde quando James, eu e o Fernando acordamos. Estávamos todos famintos, debilitados e molhados. A natureza continuava a molhar a mata, tentando restabelecer o seu verde.

Minha cabeça ainda estava zonza. O corpo doía muito, porém já respondia aos sentidos básicos. Nino continuava piorando. Além da febre alta e dificuldade para respirar, parecia ter alucinações. Marcos oscilava entre a razão e o choque. Quando dava indícios de recobrar a consciência, mergulhava novamente na penumbra do silêncio e se recolhia em si mesmo, como se o mundo não existisse à sua volta. O homem desfigurado, ainda sem sentidos, tomava o centro do cômodo, onde um pedaço de lona fazia às vezes de um tapete. No canto, alguns cachos de banana amadureciam, pendurados por uma corda. Por sorte, podíamos alcançá-los.

— Comam bem devagar — recomendava James. — A banana é um alimento bastante completo, porém pesado. Estamos de estômago vazio, pode nos dar um mal-estar.

Parecia irônico. E com o olhar, sorrimos. James arrastou-se até onde Nino estava e constatou a piora.

— Meu Deus, o que vamos fazer com os mais feridos?

— Vamos cuidar o melhor possível de todos, James. O melhor possível. Vamos achar um meio de nos comunicarmos com a fazenda. Até que isso aconteça, faremos o melhor possível.

Falando assim, Nando apoiou-se em uma cadeira e foi ter com o desconhecido. Deixou-se cair ao chão e sentado, tomou a cabeça do homem e a colocou sobre sua perna. Com a claridade do dia, pôde ver que as queimaduras estavam cicatrizadas. Todo seu lado direito estava comprometido. Uma mancha de sangue em seu cabelo chamou-lhe a atenção. Passou a mão e percebeu um corte em seu couro cabeludo. Virou lentamente a cabeça do ferido e, em estado de choque, emudeceu.

— Algum problema, Nando? — indaguei.

— Nando! Você está bem? — sustentou James.

Fernando permanecia imóvel. Somente seus olhos se movimentavam rapidamente, entre nós e o desconhecido. Ao mesmo tempo em que parecia repudiar o enfermo, queria abraçá-lo. Tornei a indagá-lo, me arrastando até ele:

— Nando, o que está acontecendo? Você está bem?

Atônito, o rapaz respondeu:

— É o meu pai! É o meu pai! Ele está vivo! Está vivo!

Imensurável foi a emoção daquele reencontro. Nando verteu-se em lágrimas, contagiando a todos. O céu cuspiu trovões e o cavalo Alado relinchou gramado a fora, enquanto Marcos, perdido em seus devaneios, balbuciava entre os dentes algumas palavras:

— Estou com fome.

Novamente a emoção tornou-se riso. Nos abraçamos e apoiando-nos uns nos outros, ficamos em pé.

— Tenho uma missão a cumprir, meus amigos — justificou-se Fernando, relatando-nos seus sonhos em preto e branco e nos colocando a par das inúmeras tentativas de localizar o corpo de seu pai, semanas a fio, após o acidente. Agora, o criador lhe dava uma nova chance de salvar a vida do seu genitor.

— A vida é uma missão, meu caro. A vida é uma missão — concordou James.

Juntos, arrastamos o pai do Fernando para perto da lareira e alojamos Nino mais próximo à porta e, tomando alguns panos, fizemos compressas frias para tentar baixar-lhe a febre. Com algum sacrifício, nos apoiávamos em cadeiras e procurávamos comida, bebida e remédios pela casa. A procura fora em vão. Podíamos contar somente com as bananas, que pareciam sumir dos cachos.

Aquecemos água e, num rodízio, limpamos os ferimentos de todos.

Por fim, nos banhamos em água morna, coletada da chuva e aquecida na lareira. Não havia muito a fazer naquela hora. Não conseguíamos nem pensar com clareza. Os últimos acontecimentos ainda eram uma nebulosa em nossas cabeças. Enquanto a chuva imperava com valentia lá fora e o Alado abrigava-se na varanda, podíamos somente rezar, esperar e dormir.

ESPERANÇA

Max caminhava pela varanda o tempo todo. A chuva fria soprada pelo vento forte molhava seu corpo, invadindo a casa. O fogo estava se apagando e a agonia da espera sufocava sua alma. Branca o vigiava de perto, na tentativa de não vê-lo invadir sozinho a montanha proibida. Smith planejava a rota, **à** espera do melhor momento para levantar voo e planar sobre a floresta à procura de alguma pista.

Um trotear apressado se fez ouvir na porteira, no meio da chuva. Era Jonatas e os colonos que se apressavam para entrar em cena. Max não piscou os olhos. Saltou sobre o cavalo Baio e rumou para o portal da trilha, arrastando atrás de si um batalhão de voluntários. Aquiles e Gomes não se fizeram de rogados e integraram o grupo de frente, formando um anel de homens que invadiram a mata, num arrastão que não se deixava um só centímetro sem ser vasculhado. O cerco humano se afunilava **à** medida que penetrava mata à dentro. O cheiro de queimado era forte, e a fumaça ainda castigava os menos avisados. Pelo caminho, animais queimados se confundiam com os galhos das árvores arrancadas pelo vento. No peito de cada homem, uma esperança incontida acelerava seus batimentos e regava o sangue com adrenalina e coragem.

Na sede da fazenda, mulheres e crianças agradeciam a chuva em forma de oração. No celeiro, Thor, o tigre, espalhado pelo chão, fingia dormir. Com o faro afiado, vigiava os outros animais que, a seu tempo, recuperavam as forças. Em seu quarto, Clara olhava os pingos de chuva baterem na janela e sonhava com o momento em que iria rever Nino. Eduarda e Rose penteavam os cabelos de uma boneca de milho que haviam encontrado na cozinha de Branca, enquanto os meninos aguardavam na varanda por notícias dos amigos. A lassidão do tempo, nem por um minuto, tirava sua esperança.

DESVENDANDO O MISTÉRIO

Não sabíamos há quanto tempo estávamos perdidos na mata, e tampouco a que distância estávamos de casa. A noite chegava fria e a cada minuto que se passava, aumentava nossa preocupação com os feridos e a aflição em querer voltar à sede da fazenda.

Enquanto Nino queimava em febre, Homero Tavares, pai de Fernando, abria os olhos lentamente e deparava-se com uma nova realidade: sua casa havia sido invadida por estranhos. Em sua cabeça, nenhuma recordação o remetia ao passado. Não se lembrava nem mesmo do acidente ao qual sobrevivera por um milagre. Seu mundo era constituído somente pela solidão dos últimos anos, pelas pequenas caminhadas ao redor do pátio gramado e pelas visitas intrépidas do Alado, que se fazia passar como legítimo dono daquele belíssimo lugar.

Emocionado, Fernando o olhava, esperando ser reconhecido. Homero passou a mão pela cabeça e largou um gemido de dor, deixando-se perceber o ferimento.

— Quem são vocês? — perguntou-nos, levantando o olhar.

O silêncio invadiu nossa alma. Não sabíamos o que responder.

Com dificuldades, Nando se aproximou do pai e deixou-se cair no assoalho da cabana. Tomou seu rosto entre as mãos e fitando-o disse lhe:

— Pai!

Homero não apresentou nenhuma reação. Tomou as mãos do rapaz, levou-as aos ouvidos e apertando-as fortemente contra a cabeça, proferiu um forte grito e desmaiou.

Fernando se desesperou.

— James, precisamos sair daqui, imediatamente! Não posso ver meu pai e o Nino nessa situação e ficar imobilizado. Não posso ficar assim!

— É impossível sairmos daqui agora, Nando. Mal conseguimos nos manter em pé. Estamos muito debilitados. Nem conseguimos respirar direito. Além de que, é noite, está frio, chovendo muito, e estamos perdidos no meio da mata. Não saberíamos nem mesmo que direção tomar.

— Tem que haver um jeito, James. Tem que haver um jeito.

Tomei por um momento em meu coração todas as dores daquele filho que via seu pai partir pela segunda vez, sem ao menos poder mover uma palha para mudar a terrível realidade. Era como morrer de sede em meio ao mar. Engatinhando, aproximei-me do Nino e, com a mão, medi sua febre que não parava de subir.

— Vamos ter que o banhar na água da chuva. É a única forma de tentar controlar essa febre — comentei.

— Franzino como é, pode pegar uma pneumonia.

— Concordo, James. No entanto, se a febre não baixar, poderá ser ainda pior.

— Vamos esperar mais um pouco. Tente dar-lhe mais um gole de água e continue a fazer compressas frias. Vamos esperar, Nando. Vamos esperar.

A lenha disponível dentro da cabana estava acabando. Havíamos colocado o último graveto na lareira. Tínhamos que mantê-la acesa de qualquer maneira para aquecer o ambiente e nos proteger do frio e dos mosquitos que invadiam o chalé. Aos poucos, entre uma banana e outra, começamos a queimar os utensílios da cabana: as cadeiras, os banquinhos e as travessas que mantinham as janelas fechadas.

— Pode queimar também o tapete de lona. A fumaça vai ajudar a espantar os mosquitos — sugeriu James, caindo no riso ao pronunciar a palavra fumaça.

Achamos graça da mórbida brincadeira, no entanto, concordamos com a ideia. Enrolamos o tapete na escora da porta e atiramos ao fogo. A chama se alastrou, clareando mais o ambiente.

— James! James! Veja isso! — gritei, apontando para o meio da sala, onde estava o tapete.

— É um alçapão — afirmou o gênio.

Chegamos ao local praticamente ao mesmo tempo. Arrastei-me como uma criança quando ensaia o engatinhar. Nando e James apoiaram-se um no outro e após alguns passos, deixaram-se cair sobre a portinhola. Marcos nem se dignou a olhar. Perdido na imensidão de seu desatino, pouco percebia o que estava acontecendo. Apoiou-se na lareira e adormeceu.

Uma argola de ferro se sobressaía à madeira rústica do assoalho, dando a impressão de uma taramela. Tentamos abri-la por várias vezes, inutilmente. Mesmo somando-se as forças, algo parecia prendê-la ao chão.

— O cavalo! — falei-lhes, entusiasmado.

— Ótima ideia! Vamos amarrar a corda na argola e puxar com o cavalo. Vai dar certo.

Não precisou de dois arranques. Na primeira tentativa, Alado fez romper a fechadura e o alçapão virou lenha na lareira. Uma poeira velha e mofada tomou conta da cabana. Um calafrio fez arrepiar minha pele e a escuridão se fez presente abaixo de nós. James arrastou-se até a lareira e com um graveto em chamas iluminou o lugar: uma escadaria esculpida na rocha nos convidava a descer. Tive medo e me afastei do lugar.

— Precisamos descer, James. Pode ser nossa salvação.

— Ou nossa morte, meu amigo. No entanto, que escolha temos?

— Vou ficar! — afirmei com decisão.

— Muito bem. Vamos esperar o dia amanhecer. Logo pela manhã veremos o que nos espera neste labirinto de pedras.

Dizendo isso, James sinalizou que iria se deitar, acomodando-se próximo à lareira. Nando e eu o acompanhamos. Não demorou para que eu adormecesse. O cansaço já abatia meus ossos.

Certificando-se do meu sono, Fernando se arrastou até o centro da sala ameaçando descer a escadaria.

— Aonde pensa que vai, meu amigo? — interpelou James.

— Vou descer, James. Você sabe que é preciso.

— Vou contigo. Vamos descer devagar. Sentados, nos arrastaremos pela escadaria abaixo. Amarraremos a corda na madeira da porta e na cintura de quem vai à frente. Assim, em caso de encrenca, teremos uma saída.

— Perfeito, James! Vou primeiro! — adiantou-se Fernando, apanhando outro graveto em chamas.

Amarrado pela cintura Nando iniciou a descida. Os doze degraus de pedra deram em uma porta de chumbo maciço. Não havia nenhuma fechadura aparente. Nando empurrou a porta que cedeu espaço, deixando escapar um foco de luz, que iluminando a escadaria, assustou James.

— Que luz é essa?

— Não sei. Parece uma lanterna feita de vidro. Muito esquisito.

Escorando-se na parede, James soltou a corda de segurança e entrou no cômodo. No centro, uma pequena mesa de pedra dava suporte a um objeto de vidro transparente, com o formato de uma garrafa térmica. A luz que emanava continuamente de uma mistura, colocada em um tubo de ensaio, era refletida em um cristal, ampliando muitas vezes seu foco. Nada mais havia naquela pequena sala, que parecia abandonada há anos. No fundo, uma outra porta, esculpida na laje de pedra, deixava passar o ruído de água corrente. James apanhou com cuidado a lanterna de vidro e arrastou-se até a porta, iluminando outra escadaria.

— Parece um labirinto. No entanto, posso sentir o frescor de água pura. Deve ser alguma nascente em uma caverna.

— Pouco ajuda neste momento. Já temos a água da chuva.

O rapaz se sentou no chão, apoiando-se na parede. James abaixou a lanterna e o acompanhou, decepcionado. Toda esperança de sair daquele lugar, salvar o pai e seus companheiros parecia escorrer com a água da nascente. Respiraram fundo, enquanto James pensava.

— Deve haver uma outra passagem, Nando.

— Do que você está falando? Passagem para onde? Não faz sentido nenhum!

— Olhe para esta lanterna, meu amigo, e pense: há quanto tempo você acha que ela está acesa? Quantas pessoas poderiam ter um equipamento desses e o que ela estaria fazendo no meio do nada? Isso sim não faz sentido! Ninguém usaria um equipamento desses para iluminar uma fonte de água. Vamos voltar para a cabana, antes que alguém acorde. Amanhã continuaremos, mais descansados.

Levantaram-se e apoiados um ao outro, rumaram para o centro da sala, colocando a lanterna em seu lugar. O peso do corpo de Fernando fez com que James se desequilibrasse e se agarrasse à mesa de centro. A pedra se moveu, girando no sentido anti-horário, e um barulho de fechadura se abrindo tomou o espaço. A lanterna quase foi ao chão, se não fosse pela agilidade de Nando, que a pegou no ar. Uma porta se abriu, à direita dos rapazes, que boquiabertos deparavam-se com um sofisticado laboratório. Sem palavras, ficaram inertes por minutos, apreciando aquela miragem.

— Um laboratório secreto! — exclamou Fernando.

— Do Doutor Würth, aposto — completou James. — Exatamente como eu imaginava. Exatamente!

— Não toque em nada. Não sabemos o risco que estamos correndo neste lugar.

— Calma, Nando. Vamos verificar tudo. Tim-tim por tim-tim. Chegou a hora de desvendarmos todo este mistério.

O laboratório era enorme. Parecia um mini-hospital. Várias lanternas, espalhadas estrategicamente, mantinham uma claridade ótima. Cocheiras, abrigos e gaiolas denunciavam as experiências feitas com animais de pequeno e grande porte. Uma mesa, na sala de cirurgia, parecia projetar sobre si o medo e a angústia de quem ali foi colocado alguma vez. No canto, uma prateleira ainda guardava substâncias usadas em experimentos. A poeira úmida denunciava com rigor os anos que se passaram desde a última visita de Otto àquele lugar. A mente de James voava, tentando imaginar que mundo era aquele. Ali, tudo era possível. Tudo era possível. Bastava o conhecimento.

— Agora entendo por que o Doutor Otto era idolatrado por todos. Agora entendo. No entanto, estou imaginando que ele deva ter morrido louco. Se é que morreu mesmo!

— Não tenha dúvidas disso. Todos nós morremos. Cedo ou tarde, morremos.

— Sabe no que estou pensando? Em todas as estórias que já ouvi sobre este lugar: trilha proibida, montanha dos desaparecidos etc.

— Tudo era invenção, para que ninguém descobrisse o local exato do laboratório. Agora sim, faz sentido. Porém aguçou ainda mais minha curiosidade sobre tudo que vem acontecendo na fazenda.

Tenho certeza de que alguém mais, além do Doutor Otto, conheceu este lugar. Ninguém guarda um segredo destes para sempre. Ninguém.

— Será que meu pai sabia de alguma coisa?

— Faz sentido, mas não creio. Pode até ser que ele estivesse investigando alguma pista quando sofreu o acidente. Só não sei como ele veio parar aqui.

— Pobre papai! Ele não se lembra de nada. Nem sequer me reconheceu! Está todo deformado, com cicatrizes por todo o corpo. Não suporto vê-lo assim.

Duas lágrimas rolaram no abismo das dúvidas que habitavam aquele lugar. Com semblante enrijecido, Nando fecha os olhos e vê passar em sua mente um filme de sua infância: Homero Tavares pousava o pequeno avião em um gramado, por sobre uma grande pedra, que mais parecia um tabuleiro de xadrez. Ao descer da aeronave, um menino de pouco mais de três anos corria livre entre as árvores, brincando de pique-esconde com seu pai. Momentos depois, o pequeno avião tomava o céu e sobrevoava um grande desfiladeiro, onde a areia se misturava com a terra vermelha do lugar e a mata fechada dava espaço a uma vegetação esparsa e rasteira.

— O jirau de pedra! — exclamou Fernando, enxugando as lágrimas dos olhos. — Eu já estive neste lugar antes, James. Quando era criança, meu pai me trouxe aqui, no avião da fazenda. Ele sabia deste lugar. Ele sabia!

— Fernando, se o jirau de pedra existe, todo resto da estória pode ter seu fundo de verdade, como o diário das experiências secretas do Doutor Würth, por exemplo.

— E se existir realmente, só pode estar por aqui. O único lugar. Único!

Animados com as descobertas e incentivados pelo desconhecido, os dois amigos esqueceram o tempo e o cansaço e entregaram-

-se a vasculhar o laboratório em busca de pistas que os levassem a desvendar o segredo maior: o diário secreto do Doutor Würth.

— Entre estas paredes, deve haver uma outra sala, Nando. Não encontramos nenhuma literatura, nenhum escrito, revista, artigo científico ou jornal.

— Aqui é muito úmido para uma biblioteca, James.

— Abaixo, sim. Acima, não!

Curioso, James moveu todas as lanternas de seus lugares. Na penúltima, estava o segredo. O teto se abriu e uma pequena escada foi projetada para baixo. Era a biblioteca que os deixava ver, de imediato, vários escritos soltos sobre a mesa.

— Latim. Alemão. Inglês. Quem vai entender isso?

— Veja as datas, Nando: 1917, 1922, 1918.

— Não são do Doutor Otto. Veja a assinatura.

— Achei, James. Achei. Otto Würth. 1947. Em português.

— Veja estas gravuras, Nando. São do Alado. É como se o tivessem reconstituído. O animal estava todo queimado e sua pele foi restituída, passo a passo. É fantástico, meu amigo. Fantástico.

— James! Veja o que está escrito: medicina biomolecular. O cara era louco mesmo! Todas as suas experiências estão relatadas nestes escritos. Medicina biomolecular, no mínimo é coisa como o tal Frankenstein. Juntaram pedaços de um e de outro e fizeram o Alado.

— Não é nada disso, Nando. Pensa comigo: quando nos alimentamos, as células do nosso corpo produzem energia. Essa energia tem a finalidade de fabricar vários tipos de moléculas para garantir o seu bom funcionamento. As substâncias que entram nesse processo são sintetizadas pelo organismo. No entanto, cerca de quarenta e sete delas, que são chamadas de "nutrientes essenciais", devem vir prontas do meio externo para o nosso organismo. Isso quer dizer que precisamos dosar adequadamente esses nutrientes essenciais, porque a falta ou excesso de um ou mais desses elementos prejudicará o funcionamento das células e, consequentemente, de todo nosso organismo. E hoje, meu caro, com a alimentação desastrosa que ingerimos diariamente, repletas de "antes", tais como: conservantes, antioxidantes, edulcorantes, acidulantes, estabilizantes, e ainda por cima uma boa pitada de agrotóxicos, imagina como nossas células se comportam. Sem contar os diversos tipos de metais pesados, como: o chumbo, o cádmio, o mercúrio, o alumínio e outros.

"Não é difícil prever o estado da nossa "máquina química" e o aumento alarmante de doenças ditas como "as doenças da modernidade": estresse, depressão, astenia, câncer, hiperatividade, arteriosclerose. Essa é a área de atuação da medicina biomolecular. É uma ciência bastante recente, deve ter no máximo uns cento e cinquenta anos".

— Tudo bem, James. No entanto isso quer dizer que: se alterarmos significativamente o funcionamento dessas moléculas do nosso organismo, por meio da ingestão ordenada de alguns elementos, podemos alterar sua composição molecular!

— Não é tão simples assim. Mas, teoricamente, é o que acontece.

— Isso explica muita coisa por aqui, meu caro, James. Muita coisa!

Os dois companheiros perderam-se entre os papéis da biblioteca por horas. Todo o drama da superfície parecia deixar de existir. O cansaço, a estafa, a dor no corpo e na alma, tudo se esvaia perante a fabulosa expectativa de absorver toda aquela atmosfera de ciência, sabedoria e dedicação. Cada letra, cada vírgula parecia se constituir numa só meta: criar um mundo melhor.

Mergulhavam de cabeça nos manuscritos e desvendavam pouco a pouco os mistérios que envolviam aquele lugar, sua gente, suas histórias e raízes. Um fantástico universo de experiências e contradições que revelavam o verdadeiro perfil daquele que preconizou todo o enredo daquela aventura: Otto Würth.

James jamais vira tamanha obsessão. Olhava tudo, revirava cada pedaço de papel. Até que, sobre uma mesa de canto, algo lhe prendeu ainda mais a atenção: um livro de capa escura. Tomou-o nas mãos e, perplexo com a descoberta, exclamou:

— O diário do Doutor Würth! Nando, o diário. O diário!

Nada mais importava. A pérola preciosa estava em suas mãos. Seus olhos brilhavam e seu coração descompassado absorvia, em ritmo acelerado, toda emoção daquele momento ímpar. Leu em voz alta cada página, cada letra. Compartilhou com o amigo a emoção de cada descoberta. Estava tudo ali, em suas mãos, a verdadeira história daquele fantástico lugar. Escrita e relatada por quem realmente a fez existir: o Doutor Otto Würth.

— James, meu amigo. Jamais me imaginaria fazendo parte de uma aventura tão intensa como esta. Toda a fantasia descrita nas estórias da Tia Nena se encaixam na verdadeira história deste meio. A lenda de Tarê e Totã, por exemplo, tem tudo a ver. Veja o que ele escreveu aqui:

"Suspeitava de tudo desde o início das minhas pesquisas. Descobri mais tarde que um asteroide havia caído nas encostas das montanhas que circundam a fazenda. Com o impacto, provocou uma enorme fenda na rocha, indo alojar-se no lençol freático, contaminando a água com substâncias especiais, provocando uma profunda mudança no ecossistema. Essa água era usada por toda a fazenda, pois desembocava nos dois riachos que banham a região. Seguindo algumas pistas que estavam nos manuscritos que recebi de pesquisadores na Alemanha, localizei a fonte e comecei ali meu trabalho. Mais tarde descobri que essas substâncias aliadas à essência de algumas plantas, em doses controladas, provocavam alterações biomoleculares nos animais e vegetais. Até mesmo o ser humano estava propenso a essas alterações".

— Alguma coisa deu errado nessas experiências, Nando. Acredito ser esse o motivo de todos os transtornos vividos hoje na fazenda. Agora posso até mesmo pensar que a pedra que o Tio Aldo dizia que estava morrendo, deva ser mesmo o tal asteroide: estaria perdendo suas características por estar mergulhado num lençol aquático. Isso explicaria muita coisa. Até mesmo este clima maluco de chove e não chove. É loucura, meu amigo! Loucura!

Fernando continuava seu passeio pelas páginas do diário. Vasculhava tudo, para frente e para trás. Lia até mesmo algumas fórmulas, sem saber ao menos do que se tratava. Tudo era fascinante. Parou em uma página, em que uma gota de sangue cobria o cabeçalho:

"Hoje pensei em deixar tudo. Um raio provocou um incêndio no laboratório e quase matou o animal que uso diariamente como meio de transporte".

— É sobre o Alado, James. Escuta isso:

"Um raio atingiu as paredes do laboratório. Assustei-me com o barulho e a descarga elétrica, deixando cair um ensaio com substâncias à base de nitroglicerina — em pequena proporção —, o que provocou uma explosão no laboratório e queimaduras bastante profundas em um cavalo trazido das Índias. Tratei-o com uma mistura de sais especiais retirados da água da mina, misturada a uma poção de essências vegetais. O resultado foi espantoso. Além da completa restauração da derme e epiderme, e uma profunda mudança no comportamento do animal, duas pequenas vértebras surgiram em seu dorso. Pensei em uma cirurgia para retirá-las. No entanto, resolvi esperar para ver o quanto iriam se desenvolver. Mais tarde, percebi que a alteração biomolecular provocada era instável. Para não ter que o sacrificar, desenvolvi um antídoto à base de essência de ervas, que acalmou o animal, prolongando a alteração biomolecular. A inconveniência é que era necessário aplicar grandes doses

em pequenos períodos, toda vez que o cavalo começava a demonstrar sinais de inquietação. Caso não houvesse a aplicação, o animal perderia o controle e morreria em estado de choque. Com o tempo, aperfeiçoei o antídoto. As doses foram diminuídas em volume e quantidade de aplicação. O grande problema agora é produzir as ervas usadas como matéria-prima. São bastante raras e se reproduzem em clima desértico".

— Era o antídoto sobre o qual o Max e o Tio Aldo falavam. Mais uma pedra se encaixa neste tremendo quebra-cabeça.

— James. Acho que perdemos a noção do tempo. Temos feridos lá em cima e precisamos fazer alguma coisa. Vamos voltar, meu amigo. Precisamos voltar.

A manhã se fazia bela naquele dia, embora a cerração ainda cobrisse a mata. Na lareira, os últimos vestígios de fogo se perdiam por entre as cinzas. Havia dormido profundamente e o cheiro de bananas maduras, impregnado no ar, despertava também meu paladar. A chuva cessara e por entre nuvens carregadas o Sol infiltrava seus raios. O peito dolorido me fazia lembrar dos dias anteriores e a tira de couro no pescoço trazia-me para a realidade do momento. Olhei em volta e somente Homero, o pai do Fernando, continuava ali. A respiração ofegante, porém ainda presente, mantinha-lhe a vida. Um relinchar conhecido quebrou a paz da manhã seguido de vários gritos, que se espalhavam por entre a vegetação molhada.

— Nino! Nino! — gritava Marcos, tentando se fazer ouvir.

Levantei-me e, escorando nas paredes, fui até a janela.

Nervoso, Marcos gesticulava, indeciso.

Ao longe, sobre uma grande pedra em forma de tabuleiro, Nino abria os braços para seu derradeiro voo. Um precipício abria-se à sua frente, no topo da montanha. Mais uma vez as nuvens se abriram e o Sol o iluminou. O vento soprou seus cabelos e o menino parecia encontrar ali a essência da sua alma. Seu corpo frágil balançava sobre a pedra.

Marcos continuava a gritar, enquanto o cavalo inclinava-se próximo à porta do chalé e, batendo as patas no chão, arrancava toletes de barro.

Minha voz uniu-se aos gritos do amigo e ressoaram nos confins.

— Ninooo! Ninooo!

O instinto entrou em ação, buscando no sobrenatural as forças suficientes para manter-me sobre o dorso do Alado. Em segundos, cavalgava a galope sobre o imenso tapete verde que nos levava ao tabuleiro de pedra onde Nino bailava ao vento. O equilíbrio era perfeito entre mim e o animal. Quanto mais o Alado corria, mais eu gritava, tentando evitar o trágico final.

Alado avançou sobre a grande pedra como se flutuasse sobre ela, enquanto Nino soltava seu corpo no nada, projetando-se no abismo. Gritei, gritei com todas as forças do meu ser. E tomando o apito nas mãos, assoprei-o. O animal não refugou. Aumentou sua tração e, num salto, arremessou-se no precipício. Do seu dorso, duas asas despontaram, rasgando sua grossa pele. Tomaram o espaço, equilibrando seu corpo num perfeito voo. Alado seguia Nino em sua queda. Um pio ecoou entre as montanhas, enquanto duas imensas águias surgiram no céu e, lado a lado, acompanharam o menino em seu voo. Alado recuou e pude então presenciar o mais tenro de todos os milagres: *de braços abertos, o menino mergulhava em seu sonho. À medida que caía, seu corpo se transformava. E antes que pudesse tocar o chão, um novo pio rompeu as fronteiras do abismo. Sob meu olhar extasiado, agora eram três águias que tomavam o céu e, livres, sobrevoavam o vale.*

Novamente soei o apito e outro pio rompeu os confins, direcionando nossa rota por entre as montanhas. O dia se fazia lindo e no infinito o Sol testemunhava com luz e calor o primeiro abrir de asas daquela águia que acabara de nascer e aprendia a voar.

***

A tarde chegava quando o monomotor do doutor Smith pousou sobre o gramado, atraído pela fumaça exalada pela grande fogueira que fizemos sobre o tabuleiro de pedra. Em meu pescoço, a tira de couro sustentava o apito que se fizera um elo entre o sonho e a realidade. Realidade esta que selou entre nós um pacto eterno de sangue e silêncio sobre tudo que ali experienciamos. Pacto que uniu nossas vidas para sempre em torno dessa aventura e que, hoje, depois de tantos anos, me possibilita relatá-la a vocês com tantos detalhes.

Muito ainda eu poderia lhes dizer sobre nosso retorno à fazenda Paraiso, sobre os animais e as pessoas maravilhosas que ali conhecemos. Entretanto, porém, todavia, creio que basta lhes dizer que, como deveria ser, obviamente, o corpo do Nino jamais foi encontrado. Mesmo porque a vida retoma seu curso e de alguma forma se refaz. E ele, Eagle Boy, o menino-águia, ainda vive sobrevoando livremente aquelas montanhas, e quando a saudade é maior que a realidade, basta-me soar o apito que, nos confins daquele vale, ouve-se um pio estridente anunciando a vida que se renova.

E sobre o grande tabuleiro de pedra, deixamos escrito em carvão:

Não importa quantos anos vivemos.
O que realmente importa é o quão intensamente amamos!

Enquanto isso, no vale encantado, entre as montanhas da Fazenda Paraíso, um pio ecoou forte, acompanhado de um conhecido e estridente relinchar.